모든 젊은 남녀의
결혼 지침서
"이제 두려워 하지 마"

결혼은
미친 짓이
아니다

결혼은 미친 짓이 아니다

초판인쇄	2023년 07월 26일
초판발행	2023년 07월 31일
지은이	김로준
발행인	조현수
펴낸곳	도서출판 더로드
마케팅	최관호 최문섭
IT 마케팅	조용재
교정교열	이승득
디자인 디렉터	오종국 Design CREO
ADD	경기도 고양시 일산동구 백석2동 1301-2
	넥스빌오피스텔 704호
전화	031-925-5366~7
팩스	031-925-5368
이메일	provence70@naver.com
등록번호	제2015-000135호
등록	2015년 06월 18일

정가 17,000원
ISBN 979-11-6338-396-3 03810

모든 젊은 남녀의
결혼 지침서
"이제 두려워 하지 마"

결혼은
미친 짓이
아니다

김로준 지음

도서
출판 더 로드
The Road Books

결혼은 왜 많은 사람들이
미친 짓이라 말했을까?

"9시 뉴스입니다. 우리나라 출산율이 역대 최저치를 기록하고 있습니다. 가임여성 1명당 0.75명을 기록하고 있는 가운데 출산율을 높일 방안을 어떻게 마련하냐 하는 것이 초점인 가운데" 뉴스를 꺼버렸다.

"나 하나 먹고살기도 힘든데 무슨 결혼이고 무슨 애를 낳냐! 집 사려면 내가 10년 동안 버는 돈 안 먹고 안 써야 살 수 있는데 결혼에 아이까지 낳으라고? 말도 안 되는 소리 하고 있네"

현시대에 이렇게 생각하는 사람이 얼마나 많을까? 나만의 생각은 아닐 것이다. 불과 20년 전만 해도 우리나라에서의 결혼은 하지 않으면 이상한 시대였다. 너무나도 당연하게 생각했기에,

"결혼을 하지 않는다"라는 생각 자체를 하지 않았던 것 같다. 하지만 지금의 대한민국은 결혼을 해도 그만 안 해도 그만인 세상이다. 아니, 더 나아가 결혼은 미친 짓이고 나의 젊음과 행복을 갉아먹는 수단이라고 생각하는 지경에 이르렀다. 나 또한 그렇게 생각했었다.

물론 나는 현재 결혼을 했다. 많은 사람들이 미친 짓이라 말하는 그 결혼을 해본 나는 아주 행복하다.

그렇다면 예전에 나와 사람들은 어쩌다가 저런 생각을 하게 된 것일까?

거기에는 가장 근본적인 원인을 몇 가지 들어볼 수 있다.

1. 문제의 가장 근본적인 원인은 사회와 경제적인 측면에서 비롯된다.

2022년 현시대를 살고 있는 결혼 적령기에 접어든 세대 바로 8090세대이다. 이 세대를 우리는 삼포세대라 한다. 삼포세대란 "불안정한 일자리, 치솟은 집값으로 인하여 연애와 결혼 출산" 이 세 가지를 포기한 세대를 말한다. 이렇듯 사회적인 문제는 경제부터 시작하는 것이 맞다고 본다. 삼포세대가 확산됨에 따라 이제는 오포세대, 칠포세대, 구포세대까지 확장된다.

오포세대 : 연애, 결혼, 출산, 경력, 내 집 마련

칠포세대 : 연애, 결혼, 출산, 경력, 내 집 마련, 꿈, 인간관계

구포세대 : 연애, 결혼, 출산, 경력, 내 집 마련, 꿈,
　　　　　 인간관계, 신체적 건강, 외모

이를 통틀어 이제는 N포세대라고 부른다. N가지를 포기하는 즉 포기하는 것이 점점 늘어나는 세대인 것이다. 그렇다면 N포세대는 왜 존재하는 것일까?

젊은이들에 대한 현대사회의 경제적, 사회적 압박이 위의 단어가 생기게 된 주된 원인으로 생각한다. 이처럼 많은 젊은이들은 경제적으로는 과도한 집값과 생활비용에 고통받고 있으며, 일류기업만 중시하는 사회구조로 인해 그렇지 아니한 사람은 실패자로 몰아가는 기이한 현상을 겪고 있는 것이고, 이로 인해 연애를 일종의 사치로 여기고 있다.

또한, 혹여나 결혼을 하더라도 배우자의 스펙을 따지게 되고 깊게는 비즈니스라고 까지 생각하는 경향이 강해져 있다. 그렇기 때문에 그러한 조건을 갖추지 못한 많은 젊은이들에게는 당연히 결혼이라는 단어를 생각하면 좌절감부터 드는 것이다.

이뿐인가? 젊은이들이 결혼을 했다손 치더라도 만만치 않은 육아비용의 문제로 저출산으로 가고 있으며, 이것을 다 극복한다고 해도 워킹맘에 대한 사회적 배려가 아직 많이 부족하기 때문에 젊은 부부들은 출산을 주저하게 만든다. 이런 이유로 인해 결혼의 필요성이 점점 사라지는 것이다. 그러므로 앞으로 고령화는 더욱 가속화될 것이다.

이것은 멀리 보면 결국 제살 깎아먹는다고 할 수 있다.

하지만 이것을 극복할 수 있는 열쇠는 거창한 것이 아니다.

사회적으로 젊은이들이 조금이나마 더 살기 좋은 세상을 만듦과 동시에 우리 젊은이들은 누군가를 진심으로 사랑함에 있어 충실하면 된다. 누군가를 진심으로 사랑해 보면 알 수 있다.

물론 거창한 데이트도 좋지만 나는 와이프와 거리를 거닐며, 캔커피 한잔을 마셔도 행복하다.

2. 또 하나의 커다란 산 남녀갈등!

최근 우리나라에 다가온 큰 산이 하나 있다. 바로 남녀갈등이다. 이 부분은 나도 굉장히 안타깝다고 생각한다. 사람의 성별은 남자와 여자로 구분되어 있다. 가장 근본적으로 보면 그러하다는 것이다. 이 둘은 하나의 사람이고, 사람은 국가를 구성하는 가장 중요한 요소이다.

그런데 이 둘이 현재 많은 충돌을 하고 있으며, 나의 불행이 곧 너의 행복이 되어버렸다.

현재 국민 10명 중 7명은 우리 사회 남녀갈등이 심각하다고 말했다. 조선일보와 서울대사회발전 연구소가 대선 직후 공동으로 진행한 '2022 대한민국 젠더 의식 조사'에 따르면, 전체 응답자(1700여 명)의 66.6%가 '한국 사회 남녀 갈등이 심각하다'고 응답했다.

페이스북에서 몇 해 전부터 이러한 갈등이 게시물로 올라오는 경우를 여러 번 봤다. 나 또한 이 나라의 청년이기에 눈이 가게 되었다.

글을 보며 가장 크게 느꼈던 부분은 남자는 "군대를 남자만 가는 것은 불공평하다"라는 메시지가 주된 내용이고, 여자는 "취업이 남성에게 유리하다"며 구조화된 성차별에 분노했다. 일과 자유를 구속하면 결혼과 출산, 육아를 하지 않겠다는 말까지 생겨났다.

그때는 그 게시물을 보며 "그래봤자 변하는 것은 없는데 왜 이렇게 열을 내고 있을까?"라고 생각했었는데 얼마 전 있었던 대통령 선거를 통해 이것이 얼마나 큰 문제인지 깨달았다. 이번 대통령 선거에서는 '여성가족부 폐지'와 '성범죄 무고죄 강화'를 보수당 후보 공약으로 내세웠고, 20대 남성들의 반응은 아주 뜨거웠다. 이에 반해 20대 여성들은 대선을 2~3일 앞두고 결집했다. "xxx도 싫지만 여가부 폐지 등으로 여성의 목소리를 아예 지우려는 yyy은 막아야 한다"는 메시지를 빠르게 확산시키며 두 후보 득표 차를 '0.73%'로 좁히는 결과를 보여줬다. 이처럼 현재 남녀갈등은 대통령 선거에도 영향을 미칠 만큼 아주 강력하다. 도대체 왜 이런 현상이 생기는 것일까? 이런 현상의 원인에는 남녀 간의 '시선차이'이다. 일단 같은 사람이지만 남자와 여자는 다르다. 남자가 느끼는 평등과 여자가 느끼는 평등이 다를 수 있다는 것이다. 그렇기에 나는 이것을 생각하며 '역지사지'라는 단어를 떠올렸다.

그런데 애초에 다른 사고와 교육을 받아온 이 둘이 역지사지가 가능할까?

나와 와이프의 재미있는 일화가 있다. 연애시절 나는 와이프와 치킨집에서 치맥을 하기로 했다. 처음 같이 치킨과 맥주를 먹을 때의 이야기이다. 나는 당연히 치킨 하면 닭다리를 좋아한다. 그래서 나는 와이프에게 닭다리를 주었다. 하지만 와이프는 닭다리를 빤히 바라보았다. "오빠 나 닭다리 싫어"라며 그 닭다리를 내 접시에 놓아주는 것이 아닌가? 엄청난 멘붕이었다. 아니, 치느님을 영접할 때 닭다리가 싫다니, 어떻게 그럴 수 있지? 처음에는 그렇게 생각했으나, 지금은 나의 와이프는 당연히 닭다리를 안 먹는 사람으로 나는 기억하고 있다.

그래서 내가 생각하는 것은 나는 닭다리를 엄청 좋아하기 때문에 그것을 싫어하는 와이프의 기분을 이해할 수가 없다. 애초에 역지사지의 출발이 안 되는 것이다. 그래서 이해보다는 인정을 한다 "넌 왜 닭다리를 싫어할까?"가 아니라 "그래 너는 닭다리를 싫어하지" 이렇게 말이다. 나는 확신이 들었다. 이것이 남녀평등의 시선을 서로에게 조금이나마 긍정적으로 다가올 수 있는 핫 키워드가 아닐까 말이다.

아무리 노력한들 남자가 여자를 이해할 순 없다. 주변에서 여성들의 고충을 많이들 듣고 있어서 알고는 있을 뿐 생리와 출산을 남자가 이해할 수 없지 않은가? 반대로 주변에서 남성들의 고충을 많이들 듣고 있어서 알고는 있을 뿐 군대를 가는 남자들의 심정을 여성들이 이해할 수 없지 않은가? 위의 것들을 서로가 완전히 이해하려면, 여자가 군대를 남자가 출산을 해봐야 완전한 이해를 했다고 말할 수 있지 않을까 말이다. 필요한 것은 완전한 이해가 아니다.

인정이다. 서로가 서로의 힘듦을 인정하고, 다독여주며, 같이 공생하고자 하는 마음으로 산다면 세상은 조금 더 서로에게 따뜻한 세상이 되지 않을까 생각한다.

나에게 "네 인생에서
가장 잘한 일이 뭐야?"라고 묻는다면
나는 고민도 없이
"결혼"이라고 답할 것이다.

Contents

차 례

Contents

차 례

02 | 언제부터 남녀갈등이 하나의 문화가 되었나?

Contents
차 례

03 | 말버릇부터

Contents

Contents

차 례

05 │ 이제 혼자가 아닌
   │ 우리 '둘'

Contents

'결혼을 하면 내가 가정을
책임질 수 있을까?' 라는
막연한 두려움이
나를 지배하기 시작한다.

99

chapter

01

의미가 없는것
같아요,
포기하고 싶어요.

✿

01

'쳇바퀴'

✳

"월급이 입금되었습니다."

　　　"카드값이 출금되었습니다", "월세가 출금되었습니다.", "보험료가...", "차 할부금이...", "핸드폰비가" "전기세가, 수도세가, 대출금 이자가......" "잔액이 120,000원 남았습니다."

월급이 스쳐 지나갔다. 현시대 젊은이들의 인생은 "쳇바퀴"다. 적금이나 '내 집 마련은 다음 생에 알아봐야지' 라며 존재할지도 모르는 다음 생을 운운하며, 정신승리나 하고 있다.

쳇바퀴 속의 햄스터를 보았나? 한번 들어가서 돌기 시작하면, 가속화가 되어서 계속 돌 수밖에 없다. 한참 돌다가 내려온 햄스터의 모습은 처량하고, 많이 지쳐있다. 현재 8090 젊은이들의 모습과 같다. 지친다. 그리고 앞이 안 보인다. 미래를 생각할 수도 없다. 나 하나 먹고사는 것도 안 된다. 미래에 대한 투자는 잃어버린 지 오래다. 어쩌다가 우리는 이런 세상에서 살고 있을까? 그렇다. 어렸을 적에 열심히 사니 자수성가하고, 자리를 잡으시던 우리 부모님을 보았다. 그 부모님들의 가르침으로 열심히 공부도 했고, 성실히 일도 했다. 하지만 지금 우리가 살아가는 세상은 유리천장이 있는 듯하다. 어렸을 때부터 귀에 딱지가 들러붙도록 교육받았다. "공부해라, 공부해야 성공하고 그러면 넌 행복한 삶을 살 수 있단다." 맞다 그때는 그랬다. 공부해서 좋은 대학 가고 그러면 앞날이 탄탄대로였다.

하지만 지금은 좋은 대학을 가도 대기업에 취업하기란 하늘의 별따기이며, 집값의 폭등, 물가의 불안정 등으로 지금의 젊은 세대들은 바람 앞의 등불이다.

현재 8090세대(20대 중반~30대 중반)들은 결혼 적령기이다. 하지만 결과는 비혼주의자들이 판을 친다는 것이다. 앞에서 말한 이유로 하나씩 포기를 하는 것이다. 내 집 마련, 결혼, 출산, 육아, 성공, 꿈 그리고 나아가 외모와 건강까지 포기하는 사람들이 늘어난다.

이러한 와중에 생겨난 "한번뿐인 인생이고, 생각보다 인생은 짧아! 지금 즐기지 않으면, 미래에는 이런 기회가 없을지도 몰라"라고 생각하는 욜로족들은 오늘도 소비를 하며, 미래에 관하여 생각하지 않는다. 아니, 엄밀히 말하면 사회가 그들에게 미래를 생각할 수 없게 만든다. 기성세대들은 말한다. "요즘 젊은이들이 열정이 없어", "끈기가 부족해"라고 말한다. 왜? 본인들이 살아갈 때는 그게 가능했지만 지금은 상황이 많이 다르다. 사람이 언제 포기를 하는지 아는가? 애초에 요즘 젊은이들이 열정이 없던 게 아니다.

예를 들면 인생이라는 100M 달리기를 한다. 내가 2위와 3위를 왔다 갔다 하며, 잘 달리고 있었다. 그러던 도중 사회라는 돌부리에 걸려서 넘어졌다. 그 자리에서 주저앉아 좌절했다. 그럼과 동시에 넘어진 젊은이들은 생각한다. "지금 일어나서 달리면 등수 안에 들 수 있을까?"라고 생각하며, 판단한다. 어차피 지금 가도 답이 없다고 판단이 되니 포기하는 것이다. 지금 8090세대 많은 이들이 비슷한 생각을 하고 있으니, 이렇게 사회적으로 나타날 수밖에 없다. 하나를 포기하게 되니

둘을 포기하는 것은 쉬워지는 것이고, 이런 마음이 번지면서 욜로족을 탄생시킨 것이다. 포기하기가 쉬워지는 세대도 원래는 "결혼", "연애", "출산"을 포기하는 삼포세대가 출발이었다. 하지만 지금은 위의 3가지를 비롯해 추가로 내 집 마련과, 인간관계를 포기하는 "5포 세대" 더 나아가 꿈과 희망까지 포기하는 7포 세대 이것을 포함한 모든 것을 포기하는 즉, N가지를 포기하는 N포세대로 범위가 확장되었다.

이렇듯 현재 젊은이들은 마음먹고, 포기하고, 마음먹고, 포기하고를 반복한다. 마치 "쳇바퀴"처럼 그러다 하다 하다 안되면 머지않아 진짜 "포기"라는 것을 하게 되겠지, 마치 양치기 소년 같이, 처음엔 반응하다가 반복되는 과정 속에 이젠 반응조차 되지 않으며, 당연시되는 것처럼.

02

열심히 살았더니
'당신을 벼.락.거.지.로 임명합니다?'

*

벼락거지라는 어감은 왠지 낯설지 않다. 비슷한 단어로 "벼락부자"라는 말은 우리가 흔히 알고 있고 가끔 쓰는 단어인데 이 단어와 굉장히 비슷하지만 뭔가 상반되어 있다. 벼락부자, 부자는 부자인데 어느 날 벼락을 맞은 예정에 없던 부자. 풀어서 설명해 보면 그렇다. 흔히 두 종류가 있다. 가지고 있던 땅값이 대폭 상승했거나, 복권에 당첨된 경우를 흔히 벼락부자라고 한다. 그렇다면 벼락거지는? 말 그대로 어느 날 보니 거지가 되어 있는 경우를 벼락거지라고 칭한다. 소득에는 큰 변화가 없는데도 불구하고 부동산과 주식 등의 자산이 급격히 올라서 상대적으로 가난 해지는 사람을 말하는 신조어이다. 특히나 코로나로 인하여 경제위기의 상황에 부동산과 주식 등 가격이 폭등하자 이를 보유하지 못한 사람들은 상대적으로 현금의 가치가 떨어져 자산규모가 줄어드는 말도 안되는 상황이 발생해 버린 것이다. 그래서 월급만 주야장천 모으고 재테크를 하지 않았던 사람은 하루아침에 거지로 전락하고, 나만 뒤처진 것 같은 상대적 박탈감을 느끼게 되어 버린 것이다. 투자라는 것도 해본 사람이 할 줄 아는 것이고, 어느 정도 공부가 되어 있는 상황에서 해야 하는데 남들이 잘 되었다고 하니, 빚을 내서 투자하기 시작한다.

웃긴 이야기가 있다. 몇 해 전에 잠깐 주식을 한 적이 있었다. 이유는 회사에 같이 다니던 동생이 주식으로 돈을 많이 벌었었다. 나에게 주식을 시작해 보길 권했고, 나는 소액으로 주식을 해봤다. 소액으로 하니 큰 재미를 못 느꼈다. 그러던 중 약간의 욕심을 내서 투자를 한 것이 좀 잘되는 것이 아닌가? 겁이 없어지기 시작했고, 그 시작은 결국 나를 절벽에 서있게 만들었다. 한편 먼저 시작한 그 동생은 돈을 많이 벌었다. 아마 주식을 하는 사람은 아는 종목일 것이라 생각한다. "신풍제약"이라는 종목이었고 내 기억으로는 그 주식의 주가가 2만 원 정도였는데, 그 동생이 돈을 벌 때 약 24만 원까지 올랐던 것으로 기억한다. 약 12배가 오른 것이다. 그 친구는 어떻게 되었을까? 일을 그만뒀다. 12배의 수치면 1천만 원을 투자 했다면 1억2천이다. 그 당시 그 친구가 월 200만 원 정도 벌고 있었는데 과연 월급이 눈에 들어왔을까? 나라도 벌써 그만뒀을 것이다. 근데 지금은 벌었던 돈도 잃고, 현재 빚이 1억이다. 이처럼 확실히 연습이 되고 어느 정도 공부가 된 상태에서 해야 한다고 생각한다. 물론 그 동생은 아주 똑똑한 녀석이다. 똑똑한 녀석도 그렇게 돈을 잃는데 그렇지 않은 사람들은 불 보듯 뻔한 일 아닌가? 그때는 주식과 코인이 열풍이었기 때문에 돈을 많이 번 사람도 있지만 많이 잃은 사람도 많다. 그때 유행했던 말이 있다. "오늘 한강 물 많이 차갑나?" 이 말은 나 오늘 죽으러 갈 껀데 이왕이면 차갑지 않은 물에서 죽고 싶다는 말이다. 이처럼 벼락거지가 된 사람들은 주식이나 코인으로 돈을 번 몇몇 사람들의 말을 믿고 따라간다.

주식과 코인 또는 부동산에 투자를 하지 말라는 말은 아니다. 허나, 주식을 한다면 내가 투자하는 회사가 뭐 하는 회사인지 앞으로의 성장 가능성이나, 과거의 패턴 등을 공부하고 하면 그래도 손실이 좀 적지 않을까 생각이 든다. 부동산도 마찬가지다 공부가 아주 많이 필요한 종목이 부동산이다. 근데 일부의 사람들은 남들이 사니까 하고 사는 사람들도 정말 많이 봤다. 이것이 진정 도박이 아니면 무엇이겠는가?

03

열심히 살았더니
'어.서 와, 금.리.폭.탄.은 처음이지?'

✳

    고물가에 시달리는 미국이 기준금리를 또다시 대폭 인상했다. 동시에 이르면 12월 금리인상 속도조절 가능성도 내비쳤다. 미국 중앙은행인 연방준비제도는 2022년 11월 02일 연방공개시장위원회 정례회의 직후 성명을 내고 기준금리를 0.75% 포인트 올린다고 밝혔다.

가파른 금리 인상에도 인플레이션 현상 즉 물가상승이 지속하자 4차례 연속 자이언트 스텝(한 번에 기준금리 0.75% 포인트 인상)이라는 초유의 조치를 한 것이다. 이에 따라 현재 3.00~3.25%인 미국 기준금리는 3.75~4.00%로 상승했다. 이는 최근 15년간 최고 수준이다.

앞서 벼락거지에 대하여 이야기했다. 참 안 도와준다. 이런 생각을 하는 사람이 있을 것이다.

과연 신이란 존재할까? 존재한다면 과연 어떤 신이길래 나에게 이렇게 가혹하지? "신도 있는 사람들의 편이란 말인가"라는 한탄이 여기저기서 들려오는 듯하다.

며칠 전 인터넷을 둘러보다 기사를 한줄 보게 되었다. 보고나서 클릭을 안 할 수가 없는 제목이었다. "벼락거지 면하려다 이자 폭탄... 영끌족, 출구 없는 진퇴양난"라는 뉴스를 보았다.

> 뉴스의 내용은 지난해 초 '벼락거지'가 될 수 있다는 걱정에 주택담보대출과 신용대출, 카드론까지 가능한 모든 대출을 끌어모아 서울 노원구에 위치한 아파트를 산 직장인 강모(37)씨는 내달 대출 갱신을 앞두고 밤잠을 설치고 있다. 강모씨는 "지난해 집값이 껑충 뛰면서 지금이 아니면 영영 내 집 마련을 할 수 없을 것 같아 어렵게 내 집을 마련했는데, 이제는 원금부터 이자까지 더 이상 감당할 수 없다"며 이같이 말했다. - 뉴시스 Pick -

벼락거지가 되는 것이 싫어서 내 집을 마련했더니 이제는 이자 폭탄이다. 세상에 내 집을 가지고 싶지 않은 사람은 없을 것이다. 하지만 내 집 마련의 꿈은 대한민국에서는 너무 큰 꿈이 되어버린 지 오래다. 악순환은 꼬리에 꼬리를 물고 집뿐만이 아닌 모든 것을 포기하는 세대 즉 N포 세대는 우연이 아닌 필연인 것 같다.

 내 주변에도 그런 친구가 있다. 집을 구할 수 있는 마지막 기회라 생각하여, 어렵게 대출을 끌어모아 집을 샀다. 친구가 집을 살 당시 부럽기도 했고, 진심으로 축하를 해줬다. 하지만 얼마 후 친구와 술자리를 가진 뒤 마음이 씁쓸해졌다.

친구 : 로준아! 진짜 죽겠다.

나 : 왜? 무슨 일 있어?

친구 : 그때 집을 산 게 후회된다.

나 : 아니, 왜? 좋은 집 사서 내가 얼마나 부러웠는데!

친구 : 돈 갚는데 내가 사람인지 돈 버는 노예인지 모르겠다.

나 : 그 정도로 힘드냐?

친구 : 이자는 올랐지, 이제 원금도 분할로 갚는데, 한 달

에 집값으로만 300 가까이 나가

나 : ????? 그 정도로 많이 나간다고?

친구 : 이럴 거면 월세로 가는 게 낫다 *싶을 정도로 힘들다. 집 처분하고 싶어도 집값 떨어져서 팔지도 못한다. 요즘 사는 게 정말 지옥이다. XX 헬조선!

나 : 이 땅에서 내 집을 가지는 것이 정말 사치인가?

친구 : 휴....요즘은 술만 땡긴다. 한잔하자!

친구는 정말 힘들어 보였다. 이렇게 힘들어하는 사람이 대한민국에 그 친구뿐이었을까? 정말 전세나 월세가 답인가? 그것도 답이 아니라는 생각이 들었다. 전세사기가 유행처럼 돌고 있어 요즘은 전세도 무서워서 들어가기가 겁이 난다. 인터넷에 '전세사기' 라고 검색만 해봐도 피해사례가 한 페이지에 담기지도 않을 만큼 많이 일어나고 있다. 젊은이들의 달콤한 꿈이었던 '내 집 마련' 은 서서히 희미해져 가고 있다. "힘내" 라는 말이 폭력적으로 들리는 세상이다.

04

결혼을 포기하는 이유

✳

"내가 숲 속에 있는데, 나무가 아닌 숲을 보라고요?"

   앞서 이야기한 것처럼 분명 살기 어려운 것은 맞다. '집'도 사지 못하는데 '결혼'은 할 수 있을까? 가장 무서운 것은 '두려움'일 것이다. 지금도 이렇게 힘들게 하루를 살고 있는데, 아니 버텨내고 있는데 '결혼을 하면 내가 가정을 책임질 수 있을까?'라는 막연한 두려움이 나를 지배하기 시작한다. 오로지 지금의 상황으로 미래를 예측하기 때문이다. 이런 악조건에서 불난 집에 '기름'이라도 붓듯이 'SNS'와 '미디어 매체'는 더욱 악조건을 만들어낸다. 나만 빼고 사방이 다 잘 사는 사람들 이야기다. TV에 나오는 '연예인들 사는 이야기'부터 '성공한 사람들이 살아가는 삶'을 보여주는 '인

별그램' 까지 죄다 잘 사는 사람들만 나온다. 상대적 박탈감이 생길 수밖에 없는 환경이 만들어져 있다. 또한 '결혼'에 대한 이야기를 다루는 내용에는 긍정적인 상황을 본 적이 거의 없다. 너무 어려서 결혼한 어린 부부들의 트러블을 다룬 내용이나 부부의 관계가 문제가 있어서 선생님의 진중 어린 상담을 받는 프로그램까지 말이다. 설상가상으로 치솟는 물가와 여전히 요지부동인 내 월급을 보면 한숨만 나온다.

같이 일하던 직장동료가 6년을 만난 여자친구와 헤어졌다. 두 사람 모두 결혼 적령기였기에 결혼이야기가 오고 갔었다. 그런데 어느 날 갑자기 헤어져서 놀란 마음에 물어봤지만 씁쓸한이야기만 되돌아올 뿐이었다.

나 : 왜 헤어진 거야?

동료 : 그냥 서로는 너무 좋은데 결혼을 잘 유지할 엄두가 안 난다.

나 : 왜? 경제적인 이유 때문에?

동료 : 그렇지. 집이 가장 큰 문제이기도 하고

나 : 그렇다고 헤어져? 그냥 능력이 어느 정도 갖춰질 때

까지만 미루면 안 되나?

동료 : 양가에서 이야기 나오는 것도 이제 지치고, 그냥 모든 게 부담이야. 혼자 살면 이런 걱정 안 하고 살아도 되잖아?

나 : 서로 싫어서 헤어진 것이 아니라는 것이 더 씁쓸하네.

주변에 보면 이런 커플이 생각보다 많다. 결혼에 대해 다시 한번 '포기' 하게 된다. 앞서 말했던 TV 프로그램을 보면 배울 점이 아주 많다. 하지만 이미 부정적인 생각으로 찌들어있는 사람들에겐 교훈보다는 포기를 배우는 것이 더 빠를 것이다. 이렇게 우리를 숲 속으로 몰아넣은 사회는 이렇게 말한다. "나무가 아닌 숲을 봐야 한다." 라고 말이다. 정말 잔인한 말이 아닐 수 없다. 점점 결혼을 포기하는 사람들이 늘어가고 있지만, 이런 상황 속에서도 결혼해서 잘 사는 사람들은 분명히 있다. 문제는 결혼에 대한 인식이 좀 바뀌어야 한다. 내 인생이 고달파지는 것이 아니라, 조금 더 행복해질 수 있는 수단이라는 인식 말이다. 하지만 안타깝게도 이러한 인식을 바꾸기 위해 변해야 할 것이 너무나도 많다. 가장 큰 것은 사회적인 부분이 자리하고 있다. 결혼을 결심하기엔 너무 가혹한 현실이다. 숲속에 자리하고 있는 우리나라의 젊은 세대들을 숲 밖으로 나와 나무가 아닌 숲을 볼 수 있는 제도가 필요할 것이다.

"진정한 평등은 이루어질 수 없다",
"합의점을 찾아야 한다"
답은 간단하다.
서로가 다르게 태어났기 때문이다.

99

chapter

02

언제부터
남녀갈등이 하나의
문화가 되었나?

✿

01

불 난 집에 'SNS' 라는 기름 붓기

✳

"여자들은 군대에 가는 남자의 심정을 알까?"

"남자들은 평생 생리에 시달리고, 아이를 낳는 무서움을 알까?"

위의 말만 들어보면 그냥 귀여운 푸념 정도로 들린다. 지금으로부터 10년 전까지만 해도 우리나라에 남녀갈등은 귀여운 수준이었다. 어느 순간부터 이것이 커다란 갈등으로 커지기 시작했다. 남녀 갈등은 이제 꼭 해결해야 하는 우리나라의 아주 큰 산이 되어있다. '남자' 와 '여자' 는 현재 많은 충돌을 하고 있고, 나의 불행이 곧 너의 행복이 되어버렸다. 현재 국민 10명 중 7명은 우리 사회의 남녀 갈등이 심각하다고 말했다. 조선일보와 서울대 사회 발전 연구소가 대선 직후 공동으로 진행한 '2022 대한민국 젠더 의식조사'에 따르면 전체 응답자(1700여 명)의 66.6%가 '한국 사회의 남녀 갈등이 심각하다'라고 답했다. 잠시 지나가던 소나기라고 생각했는데 어느 순간 불어난 강물이 도심 전체를 집어삼키려 하고 있다. 이제 남녀 갈등은 대선에도 영향을 미치고 있지 않은가? 왜 이렇게 된 것일까?

'인터넷 커뮤니티의 폐해'이다. 인터넷 커뮤니티는 시공간의 제약기 없다. 몇 십 년 전만 해도 서울에서 부산까지 편지를 보내려면 며칠을 기다려야 했는가? 이제는 메일 주소 또는 SNS 계정만 안다면 10초도 안 걸리는 세상이다. 거기에다가 익명성까지 더해져 언제 어디서든 선동하기가 더욱 쉬워진 시대이다. 우리는 간혹 "연예인 XXX 자택서 자살"같은 뉴스를 접하곤 한다. 익명성에 가려진 안티 팬들의 극심한 악플과 저주로 인하여 한 사람을 죽음으로 까지 몰고 갈 수 있다는 것을 보여주곤 했다. 이런 추상적인 세상에서 남자와 여자가 편을 갈라 서로를 물고 뜯고 싸우는 현상이 벌어진다. 이것이 너무 오랫동안 지속 되어 오다 보니, 이제는 남녀 갈등은 화석처럼 하나의 문화로 자리 잡은 안타까운 현실이다. 또 어떤 이들은 이것을 이용하여 서로를 공격하고 더욱 선동한다. 안타까운 현실을 없애 보자는 취지에서 순수하게 게시물이나 영상을 공유하는 사람도 있는 반면, 이것으로 인하여 조회 수를 노리는 사람들도 많다. 조회 수는 결국 '돈' 이기 때문이다.

이제는 모든 남녀가 바뀌어야 할 때이다. 물론 쉽진 않을 것이다. 이미 머릿속에 너무 오랫동안 각인이 되어 있어 시간이 필요할 것이다. 가장 중요한 것은 누구든 소중한 '사람' 이라는 것이다. 불필요한 사람은 세상에 없다. 서로가 존중받고, 사랑받아 마땅하다.

> "SBS 뉴스입니다. 우리 팀의 첫 경기였던 폴란드전부터 어제까지 거리응원전을 펼친 사람은 모두 합해 2천만 명, 우리나라 인구의 약 절반에 이르는 수치인 것으로 집계되었습니다. – SBS 8' 뉴스리포트 –

'2002 한일 월드컵' 을 기억하는가? 그때 대한민국은 전 세계를 놀라게 했다. 역대 20년 동안 한 번도 승리하지 못했던 우리나라는 4강까지 올라갔고, 우리나라가 축구로써 세계의 이목을 집중시킨 것은 아마 처음일 것이다. 하지만 세계를 더 놀라게 한 것은 '결속력'이었다. 이때 나는 중학생이었다. 하지만 한 가지 기억나는 것은 온 동네가 시끄러웠고, 모두가 한마음이었다. 이때 앞집 누나, 뒷집 형, 옆집 아저씨, 아주머니와 한 곳에 모인 것은 처음이었다. 우리는 필요할 때 하나가 될 수 있는 그런 민족이다. 그 정신이 이제는 정말 필요한 때이다. 남녀 갈등이라는 '부정적 결속'이 아닌 서로가 하나가 되어, 모두가 이 어려운 사태를 해결해 나가고자 하는 '긍정적 결속'이 유일한 열쇠일 것이다.

02

변질되어 버린 '페미니즘'

*

"여성의 인권을 보장하기 위해 페미니즘은 필요하다"

여성의 인권이 많이 올라왔다. 나라 곳곳에 여성을 위한 기관, 여성을 위한 주차장 등 여성을 위하는 시설들도 많이 늘어났다. 이러한 사실들을 여성뿐 아니라 남성들도 기뻐해야 한다. 남성은 어떤 여성의 아들이며, 남편이자 아빠이기 때문에 여성의 인권이 올라간다는 사실에 기뻐야 하는 것이 당연하다. 동시에 앞으로도 여성의 인권은 더욱 올라와야 한다고 생각한다.

페미니즘은 무엇일까? '페미니즘'이라는 말은 19세기 프랑스에서 유래되었다. 여성의 특질을 갖추고 있는 것이라는 페미나(femina)에서 파생한 말이며, 성 차별적이고 남성 중심적인 시각 때문에 여성이 억압받는 현실에 저항하는 여성 해방 이데올로기인 것이다. 페미니즘에서 문제 삼는 것은 생물학적으로의 남성과 여성의 성이 아니라, 사회적인 '성'이다. 1890년에서 1920년 미국과 영국에서 있었던 참정권 운동을 시작으로 여성의 정치, 경제, 사회, 문화적 상황에 대한 우려의 제1의 물결을 시작으로 1960년대 후반의 학생운동과 반전 운동, 흑인운동 같은 반체제 운동과 맥을 같이 하면서 일어난 제2의 물결 그 후 제3세계 등의 여성주의 사상가들이 참여하기 시작했고, 젠더나 섹슈얼리티와 타 사회 정체성들, 인종이나 계급의 교차점에 집중하기 시작했다. 이러한 페미니즘을 지향하는 사람들을 페미니스트라고 한다.

현시대에 페미니즘은 존재하여야 한다. 불과 수십 년 전 우리 어머니들 시대만 해도 여성의 사회적 지위는 암울 그 자체였다. '때리는 남편', '도박하는 남편'을 보고도 참고 살아야 했던 엄마, 이모, 고모들을 수도 없이 봤고, 또한 수십 번의 제사와 더불어 명절은 여자들에겐 지옥이나 다름없었다. 시댁 한번 잘못 만나면 나락으로 떨어지는 자신을 발견해야만 했다. 혹여나 운전이라도 하려고 하면 "집에서 밥이나 하지 뭐 하러 차를 끌고 나와"라는 말을 들어야 했으며, 직장 내의 성적인 농담이나 격려한답시고 행하는 기분 나쁜 손짓도 참아야 했던 시절이 있었다. 이런 암울한 상황을 빗대어 볼 때 현재 여성의 인권은 많이 올라왔다. 이제는 주변에 가부장적인 집은 쉽게 찾아보기 힘들고, 시월드 또한 점차 사라져가는 추세이다. 직장에서도 여성을 위한 보건휴가 같은 제도들이 많이 생겨났다. 이런 좋은 현상을 봤을 때 페미니즘은 존재해야 한다. 하지만 지금 우리나라의 페미니즘은 너무 변질되었다. 과정의 평등이 아닌 결과적 평등만을 원한다. 남녀 임금의 차이 '유리천장'과 더불어 '여성 할당제'가 그 예이다. '유리천장' 같은 경우는 어느 정도는 동의한다. 정말로 동등한 업무 능력을 가졌음에도 여성보다는 남성에게 기회가 가는 것은 간혹 존재하는 일이다. 다른 남성 못지않게 업무능력과 일에 대한 열정을 가진 일부 여성들은 피해를 보는 것이 현실이다. 하지만 이것도 일부이다. 가장 큰 문제가 되는 점은 임금의 격차이다. 남녀의 임금 격차가 30%에 육박한다. 왜 이런 결과가 나오는 것일까? 여성들이 많은 직장을 다녀 본 결과 그 이유를 조금은 알 것 같다.

군대를 다녀온 후 첫 직장을 다녔을 때의 일이다. 근무 환경 상 직장 내의 여성의 비율이 좀 높았다. 7:3의 비율이었던 것 같다. 가장 놀란 것은 업무에 임하는 태도였다. 모두 바빠 보였다. 그러다 각자 자리에 모니터를 보고야 말았다. 쇼핑, 심지어 SNS까지 하는 여성 직원들이 많았다. 깜짝 놀라 다른 남자들의 모니터도 보았다. 일을 하는 중이었다. 이뿐만이 아니었다. 퇴근 시간이 되니 정말 칼같이 일어나서 퇴근하는 사람은 모두 여직원이었다. 얼마 후에 선임직원을 따라서 타 지역 출장이 잡혔다. 나는 따라가서 보고 배우는 취지로 가게 되었다. 지원자는 모두 남자였다. 남자 팀장님과 출장을 가는 차 안에서 대화를 해보니, 나 혼자 생각 한 것이 아니라는 것을 알았다.

나 : 원래 출장은 남직원만 가는 건가요?

팀장님 : 여직원도 당연히 갈 수 있지 근데 힘들잖아 그니까 안 가려고 하지.

나 : 조금 부당하다는 생각이 드네요.

팀장님 : 부당할 수 있지만 나는 그렇게 생각 안 해 결국 이런 것을 회사 윗선에서 보지 않는 것 같아도 다 본다. 그리고 승진이나 보너스에 어느 정도는 적용해 그래서 현실을 보면 여자직원이 더 많은데도 부장이나 과장은 다 남자잖아 결국 회사를 위해 일을 해준다고 느끼는 직원에게 회사는 당연히 기회를 주게 되어있어! 내가 사장이라도 그러겠다.

나 : 생각해 보니 그 말이 맞네요. 자본주의 사회니까.

팀장님 : 그러니까 억울해할 필요 없어.

얼마 전 토론을 하는 프로그램에서도 '남녀의 임금 격차'를 주제로 토론을 하는 것을 보았다. 여성의 대표가 임금 격차가 30% 이상 차이 나는 것은 말도 안 되며 '유리천장' 이다. 라고 발언했다. 이에 남성대표는 반론했다. "만약 정말 동일 능력으로 동일 시간의 노동을 했는데 30%의 임금 차이가 났다면 남자 직원들 모두 해고하고 여자 직원으로 채용하면 기업은 30%의 차이만큼 수익이 발생하는 것이 아니냐? 그런데 왜 그렇게 하지 않느냐? 기업인들은 침팬지가 사람보다 일 잘하고 기업 성장에 더 기여한다면 사람들 다 해고하고, 침팬지라도 고용할 사람들이다"라고 반론했다.

씁쓸했다. 어쩌면 많은 것들이 일반화되어 있다는 생각을 했다. 열정 있고, 실력 있는 여직원들도 분명 있을 텐데 말이다. 이미 회사에서의 여직원이라는 이미지는 그다지 좋지 않아 보였다. 보건휴가, 육아휴직 등으로 여성의 경력이 단절되는 것도 문제이고 애초에 이러한 점 때문에 기회가 많이 주어지지 않는 것도 문제이다. 하지만 여성들도 변화할 필요는 있다.

한 여성 CEO인 차씨는 내가 여성인데도 불구하고 여직원을 잘 뽑지 않는 이유가 있다고 설명했다. 여직원들과 같이 일해보니 여직원에게는 항상 불만이 있었다고 했다. "직장에서 똑같이 일해도 대우가 다르다", "여자가 남자보다 월급이 적다", "여자는 남자보다 승진의 기회가 적다" 이렇게 세 가지가 대표적이라고 했다. 그리고 차씨는 위 내용에 반박했다. "업무에 대한 책임감의 깊이가 다르다" 외부미팅, 야근, 주말 출근이 있을 때 남자 직원은 업무의 결과가 잘 나오게 하기 위해서 출근을 하고 끝까지 마무리하면서도 별 이야기를 하지 않지만 여자 직원 같은 경우는 완전히 반대였다고 한다. 강제로라도 업무를 부여하면 마지못해하는 사람이 태반이고, 환경상 밤샘이 있는 작업이나 프로젝트를 진행하면 대부분 지원자는 남성이라는 것이다. 또 하나는 "조직 내 서열에 대한 인식이 다르다"라는 것이다. 남자의 경우 자신의 상사가 있다면 충성심과 애사심을 어떤 형태로든지 보여주려 하지만 여자의 경우는 좀 다르다고 한다. 오히려 같은 회사에 여직원들의 눈치를 제일 많이 본다고 한다. 예를 들면 '얘 집에 가면 나도 가야지' 라고 말이다. "CEO의 입장으로 볼 때 남자 직원에게 기회를 더 주고 급여가 차이가 나는 것은 당연하다."라고 입장을 밝혔다.

여성들과 같은 직장을 다녀본 나도 공감하지 못하는 이야기는 아니다. 여성은 더 이상 약자가 아니다. 공무원 시험의 합격률이 이미 남성을 추월했고, 여성 CEO, 여군, 여경 등 많은 분야에서 여성 인재들이 등용되고 있다. 하지만 회사 내에서의 여성에 대한 색안경은 아직 벗어지지 않았다. 이제는 사회에서도 색안경을 벗어야 할 때이다. 여성들도 여성들의 능력을 보여줄 때이다. 대한민국에 살아가는 모든 여성들을 응원한다.

오래전 태국에 갔을 때 코끼리에 관한 아주 웃픈 이야기를 들었다. 코끼리는 어렸을 때부터 줄을 묶어 바닥에 '정' 같이 큰 것을 박아둔다고 한다. 어린 코끼리는 그것이 불편하여 여러 번 풀어보려고 힘도 줘보고 빼보러 발에 상처가 날 때까지 혼신을 다한다. 그러나 어린 코끼리의 힘으로는 역부족이다. 그런데 재미있는 사실은 그 코끼리가 성장하여 성체가 되었을 때도 그것을 빼지 못한다는 것이다. 이미 힘으로 충분히 그것을 뺄 수 있음에도 불구하고, 어렸을 때 못 뺐던 기억으로 인해 시도조차 하지 않는다는 것이다. 코끼리들은 어느 순간 '정'은 자신이 탈출할 수 없다고 단정 짓는다. 코끼리들에게 정말 무서운 것은 '정'이었을까? 아니다. 그것으로 인해 풀려나지 못하는 현실을 당연하게 받아들이게 되는 마음이 정말 무서운 것이다. 과연 코끼리에게만 해당하는 이야기일까?

03

진정한 남녀평등은 무엇일까?

✳

"진정한 평등은 이루어질 수 없다", "합의점을 찾아야 한다"

답은 간단하다. 서로가 다르게 태어났기 때문이다. 하지만 남녀를 막론하고 평등을 외치고 다닌다. 남녀를 떠나서 사람은 태어나는 체격, 생김새, 성격, 목소리까지 다 다르다. 이렇게나 다른 사람들을 하나의 기준으로 평등하게 맞춘다는 것은 애초에 성립될 수가 없다. 가장 중요한 것은 남자든 여자든 어느 한쪽만 없어도 인류는 반드시 멸망한다. 그렇다면 계속 이렇게 남녀평등을 놓고 싸워야 할까? 진정한 평등은 이루어질 수 없지만, 어느 정도의 합의점은 찾을 수 있을 것이다. 우선은 가장 먼저 없어져야 할 것은 아직도 남아 있는 '남녀를 바라보는 시선'이다. 저러한 시선이 없어진 줄 알았지만 아니었다.

얼마 전 일을 하던 아내에게 전화가 왔다. 전화기 너머에서 아내는 울고 있었다. 울고 있는 아내에게 나는 조심스럽게 "왜 그래? 무슨 일 있어?"라고 물었다. 아내는 한참을 울더니 입을 열었다. "아니야, 오빠 목소리 들었으니까 됐어 이따가 퇴근하고 얘기해 줄게"라고 말했다. 걱정이 안 될 리가 없었다. 일이 손에 잡히지 않았고, 퇴근 시간만 기다렸다. 퇴근 후 우리는 삼겹살집에서 만나 술과 함께 이야기했다. 기분이 좋지 않아 보였지만 물어보지 않고, 아내가 이야기하기를 기다려줬다. 아내의 입에서 나온 말은 내 귀를 의심하게 만들었다.

아내 : 왜 여자라고 무시하지?

나 : 그게 무슨 말이야? 알아듣게 얘기해줘 봐.

아내 : 어떤 중년 부부가 TV 본다고 왔는데, 반말을 막 하는 거야! 근데 반말까지는 이해했는데 내가 TV 설명해주려고 얘기했는데 여직원 말고 남직원이 와서 설명을 하라는 거야!

나 : 와... 아직도 그런 사람들이 있어?

아내 : 그래서 내가 "왜요?"라고 물어봤거든? 뭐라는 줄 알아?

나 : 뭐라고 했는데?

아내 : "여직원이 뭘 알겠어?"라고 하더라 그래서 자존심이 상했어.

나 : 진짜야? XX! 완전 어이없네.

아내 : 그래서 싸웠어 반말하지 말라고도 말했고, 너무 화가 나서.

나 : 잘했어 머리끄덩이를 그냥 잡아당겨버리지 그랬어 개념머리가 없네.

아내는 전자제품을 판매하는 일을 한다. 이런 일이 자주 있냐고 물어보니 아내뿐만 아니라, 매장에서 근무라는 여직원 대부분이 흔히 겪는 일이라고 한다. 힘을 써야 하는 일이라면 그럴 수 있다고 생각한다. 애초에 신체적 능력에 있어 남성이 여성보다 강한 것은 사실이니 말이다. 하지만 아내의 상황의 경우 설명을 해주는 일이었다. 한 가지 확실한 것은 아내는 나보다 꼼꼼한 사람이기 때문에 내가 가전제품 판매를 했을 때 보다 제품에 대한 지식이 더욱 뛰어났다는 것이다. 이렇기에 '여자이기 때문에 무시당했다' 라고 생각을 하지 않을 수가 없었다. 물론 그렇지 않은 사람들이 더 많을 것이다. 하지만 미꾸라지가 물을 흐리는 것은 어쩔 수 없는 사실이다. 인식을 바꿔야 한다. 사실 나 또한 아닌 줄 알았으나, 생각해 보면 "여자가 이런 것도 할 줄 아네", "저 여자 운전 잘하네" 등등 가끔 생각했던 적이 있었던 것 같다. 이러한 시선들은 이제는 없어져야 한다. 반대로 남자들도 시선에 대한 불편함을 겪는다. 내가 혼자 살 때의 일이다. 집에 들어가기 위해 밤길에 혼자 걷고 있었다. 한적하고 어두운 거리였다. 앞에는 모르는 여성분이 걷고 있었고, 가는 길이 같았는지 내가 뒤를 따라가는 상황이었다. 그런데 뒤에 내가 있다는 것을 의식했는지 걸음이 빨라졌다. 그것을 보고 옆길로도 집으로 갈 수 있었기에 옆길로 빠져서 걸었다. 집에 와서 생각하니 좀 억울했다. 그럴 의도는 아니었지만 미안하기도 했다. 일부의 범죄를 저지르는 미꾸라지 같은 남성들로 인해 '남자를 잠재적 범죄자' 로 보는 것이 사실이라는 것을 느꼈다. 뿐만 아니라, 어려서부터 자주 들었던 말이 있다. "남자가 쪼잔하게", "무슨 남자가 이것도 못해?"라는 말을 들었던 적이 있다. 아마 많은 남자들이 들어 본 말일 것이다. 이럴 때는 정말 억울하다. 남자도 무거운 것을 못 들 수도 있고, 남자도 밤길은 무섭다. 남자와 여자를 바라보는 시선의 평행이 완전히 맞을 수는 없다고 생각한다. 완전한 평행은 아니더라도 어느 정도만 같아지더라도 평등의 시작이라고 할 수 있겠다.

04

'군대'와 '출산' 이젠 지겨운 대립

✴

"부대원 전방을 향해 5초간 함성 발사! 악~~~!!"

"악~~~!!", "산모님 조금만 힘내세요! 아이 곧 나옵니다!"

서로 다른 두 남녀가 각기 다른 함성을 지르고 있다. 한 남성은 20대 초반 가장 젊고 창창한 나이에 국가의 부름에 답했다. 사랑하는 가족을 지키려 말이다. 또 다른 한 여성은 눈에 넣어도 아프지 않을 사랑의 결실을 지키려 젖 먹던 힘까지 쓰고 있다. 두 사람 모두 너무 멋지고 존경스럽다. 하지만 사회에 남녀갈등에 관하여 얘기가 나올 때마다 이 멋지고 찬란한 단어인 '군 복무'와 '출산'은 항상 대립해 왔다. 왜 이렇게 대립하는 것일까? 답은 간단하다. 서로 부당하다고 느끼기 때문이다. '군 복무'는 남자만의 의무라는 것이 부당하다고 느끼며, '출산'은 여성 혼자 감당하는 것이라 느끼는 것이기 때문에 서로가 동시에 부당함을 느낀다. 이러한 대립을 멈출 방법이 있을까? 서로에 대한 인식이 좀 바뀌면 가능하다.

"남자만 대한민국 국민이냐?"

헌법 39조 1항 '모든 국민은 법률이 정하는 바에 의하여 국방의 의무를 진다.'라고 명시되어 있다. 그렇다. 의무니까 가는 것이다. 그렇다면 왜 남성들은 남자만 군대에 가는 것을 부당하다고 느낄까? 바로 군대에 가는 것 자체에 '부당함'을 느끼는 것은 아니다. 어려서부터 국방의 의무를 '신성한 의무'라고 교육 받았고, '남자라면 가야 하는 것'이라고 생각하고 있었다. 하지만 그 의무를 다하는 중이거나, 다한 후에 처우가 너무 미약하다. "군바리", "고기방패"등 우리나라에 군인들을 비하하는 단어들이 즐비하다. 국가를 위해 또는 내 가족을 지키기 위해 행하고 있다고는 하지만 한참 놀고 싶은 가장 젊은 나이에 군대에 가는 것도 억울할 판국에 저런 비하 단어들을 접한다면 힘이 빠질 일이 아닐 수 없다. 군인들을 비하하는 '고기방패'라는 표현은 생각할수록 화가 난다.

내가 군 생활 시절에 겪은 이야기이다. 강원도 산골짜기로 자대 배치를 받았고, 처음으로 휴가를 나왔다. 입대하고 처음으로 나가는 휴가를 '신병 위로 휴가'라고 한다. 설레는 마음을 안고 버스를 타러 갔다. 시골에 있었던 부대여서 터미널까지 마을버스를 타고 이동해야만 했다. 사건은 그 마을버스에서 터졌다. 시골이었는데도 버스에 사람이 엄청 많았다. 다행히 자리가 있어서 앉아서 가고 있는데 정류장마다 사람이 탔다. 어떤 아주머니가 내 옆에 섰다. 나를 매서운 눈으로 노려보고는 한마디 했다. "비켜" 부탁도 아닌 명령이었다. 나의 반응은 그저 물음표였다. 당황해서 자리에서 일어났다. 양보하면서 한마디 했다. "아주머니 저 아주머니 아들도 아니고요, 초면인데 아무리 제가 어려도 반말은 기분 나빠요. 편~하게 앉아서 가세요"라고 말하며 일어났다. 본인도 머쓱했는지 앉아서 창밖만 보고 있었다. 생각할수록 화가 났다. 도대체 '이 동네는 군인에 대해 어떻게 생각 하는거지?'라는 생각이 들어서 집에 가는 길이 더욱 멀게만 느껴졌다. 그렇게 휴가를 마치고 복귀하는 날 오후 2시쯤 강원도에 도착했다. 부대 복귀 시간은 7시기에 시간이 좀 남아서 게임좀 하다가 들어갈 심산에 PC방에 갔다. 가격표를 보고 깜짝 놀랐다. 2009년도에 요금이 2,500원이었다. 그 당시 1시간에 1,000원 하던 세상이었다. 더욱 놀라운 것은 일반인 요금과 군인요금이 따로 있다는 것이다. 일반인 요금은 1,000원이었다. 그래도 게임을 하고 싶은 마음에 울며 겨자 먹기로 두 시간만 하고 나왔다. 나머지 시간은 시내를 돌아다녔다. 군인이 되고 처음으로 세상으로 나갔을 때는 '나는 나라를 지키고 있는 자랑스러운 대한민국의 국군이다' 라는 생각으로 자부심을 가졌으나, 첫 휴가 이후로 모든 것이 깨졌다. 다음 휴가부터는 일찍 가지 않고 시간에 맞춰서 도착하도록 출발을 하였다.

얼마 전 화재였던 뉴스가 있었다. '군인은 커피가 공짜 스타벅스 행사에 뿔난 여성들' 이라는 기사였다. 스타벅스에서 국군의 날 행사로 '오늘의 커피'를 휴가를 받아 나온 군인들에게 위로 겸 격려의 의미로 무료로 제공하는 이벤트를 열었다. 이에 일부 페미니스트들은 "여자들이 기껏 먹여 살려 줬더니 군인에게 커피를 무료로 나눠줘? 이제부터 스타벅스 불매운동 시작한다" 등의 반응을 보였다. 하지만 여기에는 오류가 있다. 그 어떤 광고에도 군인이라고 적혀 있을 뿐, 남군이라고 명시한 적은 없다는 것이다. '군인=남자'라는 오류를 범했다. 우리나라에는 여군들도 존재하기에 모든 군인에게 나누어주는 행사였다. 현재 남자들은 군 가산점 제도 필요 없으니 "왜 우리만 가야 해? 부당해! 이젠 여자들도 군대에 가야 한다"라는 입장이다.

이 나라에 군인은 어떤 사람인가? 군인도 국민이며, 어려서 '군인 아저씨'라고 하면 어른이고, 엄청 큰 존재였다. 하지만 내가 군 복무를 해보니 한 없이 어린 누군가의 아들이라는 것을 깨달았다. 이런 상황에서도 군 복무를 하기 싫어하는 남자에게 과연 '책임감'을 논할 수 있을까? 이러한 인식이 바뀌지 않는 한 앞으로도 남성들은 부당하다고 느낄 것이며, "차별"이라고 이야기할 것이다.

"남자들아 싸질렀다고 끝난 것이 아니란다"

남편의 머리 끄덩이를 잡고 비명을 지르는 여자가 아이를 갖는 순간 10개월이라는 시간을 희생한다. 먹는 모든 것은 아이에게로 가기 때문에 조심해야 한다. 아파도 혹시나 아이가 잘

못될까봐 약도 제대로 먹지 못한다. 거기에 화장실은 쉴 새 없이 다녀야 하며, 입덧은 덤이다. 8개월 이상이 되면 커진 배로 인해 잠도 제대로 이룰 수 없다. 가고 싶은 곳이 있어도 걷기조차 힘들어 포기한다. 순간순간이 너무 무섭고, 힘들지만 아이를 곧 만날 생각으로 외로운 싸움을 하고 있는 나를 아이의 태동만이 위로할 뿐이다. 이렇게 10개월이라는 시간을 힘들지만 아이를 위해 버텨내도 출산이라는 또 한번의 외로운 싸움이 기다리고 있다. 혹시 모를 사고를 대비해 남편에게 "무슨 일 있어도 우리 아이는 포기하면 안돼"라는 말을 한다. 이것이 지구에서 가장 강하다는 '모성애' 이다. 여자는 아이를 낳을 때 '목숨을 건다.' 라는 것을 기억해야 한다. 그리고 아이를 낳으면 "육아"라는 장벽이 기다리고 있다. 이러한 과정과 여자의 마음을 남자는 모를 수 있지만, 남편은 알아야 한다. '출산' , '육아' 는 남편과 아내의 몫이다. 돕는 것이 아니라, '내일' 이라는 것을 인지해야 하지만 싸질렀다고 끝인 남편들이 많다. 간혹 아내가 아이를 낳으러 갔는데 친구들과 술을 먹다가 늦게 오거나 심지어 취해서 오지도 못하는 대참사가 벌어지기도 한다.

술을 아주 좋아하는 친구가 있다. 그 친구는 최근에 득남했다. 그런 친구의 부부를 축하하기 위해 주변 친구들이 밥을 사기로 했다. 그래서 친구 부부는 아이를 시댁에 맡기고 약속장소로 나왔다. 우리 친구들은 "고생했고, 축하드려요"라고 제수씨에게 인사했다. 그렇게 인사를 한 뒤 식사가 나와 맛있게 먹던 중 한 친구가 물어봤다. "기분 어땠어?" 친구는 답했다. "뭘?" 다시 친구가 물었다. "아니 그 아이 처음 나왔을 때 아빠 품에 제일 먼저 안기잖아, 그때 아빠들 다 펑펑 운다던데?"라고 물었는데 친구는 말을 못 했다. 그리고는 제수씨의 표정이 묘하게 바뀌었다. 물을 한잔 시원하게 들이켠 제수씨가 입을 열었다.

제수씨 : 이 인간 술 처먹고 안 왔어요

나 : 설마 병원에 안 갔다고요?

제수씨 : 네 맞아요. 저 혼자 택시 잡아서 가서 낳았어요

친구들 : 미친놈이네 저거

나 : 야이 XXX야! 너무 하다고 생각 안 하냐? 혼자 병원에 들어가는 제수씨가 얼마나 외로웠겠냐? 나 같으면 오늘도 미안해서 술 안 처먹겠다 병X아!

제수씨는 보살이다. 이혼당해도 할 말이 없는 것이라며 나와 친구들은 제수씨에게 잘하라고 으름장을 놓았다. 이렇게 아이를 낳을 때에도 섭섭한 일이 빈번히 생길뿐더러 낳아서도 엄마들의 외로움은 계속된다. 아이를 낳고 산후우울증에 시달리기도 하고, 많은 엄마들의 소원은 "세 시간 이상 편하게 잠들어보는 것이 소원이에요"라고 말할 정도로 잠도 이룰 수 없이 육아와 전쟁을 치른다. 또한 육아휴직을 썼던 엄마의 자리가 사라지는 경우도 빈번하고, 애초에 면접 자리에서 면접관이 "혹시 아이 계획 있으신가요?"라고 대놓고 물어보는 경우도 허다하다. 이런 상황에서도 정부는 "80, 90세대들이 마지막 희망"이라고 말하며 '출산'을 부추기고 있다. "당신 같으면 낳겠냐?"라고 되물어보고 싶다. 이런 상황에서도 여자들에게 '출산율'을 운운하는 것은 폭력과도 같다.

'군대'와 '출산'의 비교를 당장 멈춰야 한다. 이 두 가지는 대한민국에서 비교의 대상이 아니라 각자 '존중'에 대상임을 잊지 말자. 비교가 계속되는 한 발전은 없을 것이다.

05

결혼이 '미친 짓'이 아닌 진짜 이유

✳

"결혼에 준비가 뭘까?"

많은 젊은 사람들이 말한다. "아직 준비가 안 되었어요"라고 말이다. 물어보고 싶다. 그 '준비'라는 것이 도대체 뭐냐고 말이다. 마음의 준비? 통장의 준비? 결혼에 있어서 정말로 중요한 것이 '돈'이란 말인가? 그럼 얼마가 있으면 준비된 결혼일까? 1억? 10억? 20억? 만약 그 돈이 내 통장에 있으면 내 결혼은 무조건 행복한가? 만약 통장에 저 돈이 없으면 나는 어떤 결혼을 해도 불행한가? 결혼을 준비해야 하는 것은 맞다. 하지만 그 준비가 그저 '돈'이 아니라고 말하고 싶다. 간혹 정말 좋은 사람을 만나고도 '돈'에 속아 좋은 사람을 놓치는 경우가 있다. 그렇게 후회하는 사람들을 정말 많이 봤고, '돈'만 보고 결혼했다가 후회하는 사람들도 정말 많다. 마음의 준비 또한 준비만 하다가 놓치는 경우가 굉장히 많다. 결국은 '두려움'이다. 결혼을 해도 결혼하기 전 보다 못하게 살 수도 있다는 것을 생각하는 것이다. 그런 식의 계산이라면 간암이 무서워 술도 마시지 말아야 하고, 폐암이 두려워 담배도 피우지 말아야 하며, 과로사가 두려워 일도 하지 말아야 하지 않을까? 결혼에 정말 필요한 것은 '돈'도 아니고 마음의 '준비'도 아니다. 우선 내가 가치가 있는 사람이 되어야 한다. 누군가를 진심으로 사랑할 수 있는 사람이어야 하고, 그 사람과 꾸준히 성장할 수 있어야 한다.

그렇다면 결혼을 해야 하는 진짜 이유가 뭘까? 몇 가지 이유가 있다. 첫 번째는 '영원한 내 편이 생긴다.' 이것은 지독하게 잔인한 이 사회를 살아가는 동안에 나에게 안정감을 준다. 사회의 구성원으로 살다가 돌아갈 나의 편이 있다는 것은 아주 중요한 일이다. 무조건 나의 편을 들어주는 사람을 찾는 것은 내가 혹시 인생의 가장 밑바닥을 경험하고 있을 때 다시 일어날 수 있는 힘을 줄 수 있다. 인생은 파도와 같기에 누구나 바닥을 경험할 수 있기 때문이다. 나 또한 인생에 가장 힘든 시간을 보낼 때 나의 아내가 든든한 나의 편이 되어주었다. 두 번째는 '나의 사소한 일상을 공유할 사람이 생긴다.' 오늘 점심은 뭘 먹었는지? 오늘 하루는 힘들지 않았는지? 오늘의 기분은 어떠한지? 말할 수 있는 사람이 생기고, 나의 하루에 관심을 가져주는 사람이 생긴다는 것이고 '고독함' 이라는 단어를 모르는 사람으로 만들어 준다. 세 번째는 '나보다 나를 더 좋아하는 사람이 생긴다.' 나보다 나를 더 좋아해 준다는 것이 얼마나 큰 행복인가? 사소하지만 나의 아내가 나에게 잔소리할 때 행복한 감정이 든다. 얼마 전 설거지를 하는 나의 모습을 아내는 한참을 보더니 입을 열었다. "오빠 설거지 할 때 고무장갑 끼라고 했잖아! 이럴 거면 설거지하지 마! 내가 할 거야!"라고 말하면서 눈썹이 10시 10분을 가리키고 있었다. 그 모습이 너무 귀여워 아직도 간혹 고무장갑을 안 끼고 설거지를 한다. 그리고 내가 간혹 아프면 나보다 더 호들갑이다. 그런 모습을 볼 때면 '결혼 잘했구나' 를 느낀다. 네 번째는 '나를 성장시켜 준다.' 결혼을 하는 순간 패시브처럼 따라오는 것이 바로 '책임감' 이다. 그 책임감은 나를 어른으로 성장시킨다. 정말 포기하고 싶은 순간이 올 때 포기 하지 않을 이유를 만들어 준다. 마지막으로 '꿈을 더욱 의미 있게 만들어 준다.' 나는 여러 가지의 버킷리스트가 있다. 결혼한 후 버킷리스트 목록 앞에 '함께' 라는 단어가 붙는다. 아내의 버킷리스트 목록에도 '함께' 라는 단어가 붙어있다. 함께하는 버킷리스트는 무료한 인생에 퀘스트를 부여하는 것과 같다. 그 퀘스트를 하나씩 체크할 때, 인생은 더욱 재밌어질 것이다.

아내와 신혼여행을 제주도로 갔다. 너무너무 행복한 여행이었다. 아내에게 이렇게 말했다. "우리 결혼기념일 때마다 제주도에 오자. 와서 다시 한번 우리가 부부임을 잊지 말고 서로 더 아껴주자 어때?"라고 말이다. 아내도 흔쾌히 수락했다. 그리고 나의 버킷리스트 중에 '제주도에서 한 달 살기'가 있다. 그 목록이 아내의 버킷리스트에 추가되었다. 아직은 현실에 치여 이루기 어려운 소망일 수 있지만 언젠가 아내와 '함께' 이룰 수 있기를 희망한다.

이렇게 결혼은 잘만 하면 그 어떤 복권에 당첨되는 것보다 의미 있는 것을 얻을 수 있다. 복권당첨 보다 더욱 의미 있는 결혼을 하려면 어떻게 해야 할까? 약간의 연습이 필요하다. 서로가 서로에게 가치가 있는 사람이 되기 위해 연습해야 할 것들을 다음 장부터 같이 알아보도록 하자.

"내가 미안해, 고마워, 사랑해"
이 세 가지 단어의 힘은 아주 강력하다.
남녀 사이라면 빼놓을 수 없는
단어들일 것이다.

99

chapter

03

말버릇부터

❊

01

'토크 포지션' 이론

*

    '말 한마디로 천 냥 빚 갚는다', '발 없는 말이 천리 간다', '가는 말이 고와야 오는 말이 곱다', 세치 혀가 사람 잡는다', '말이 씨가 된다' 등 우리나라 속담을 자세히 보면 말에 관한 것이 정말 많다. 아주 오래전부터 말에 대한 중요성은 강조되어 왔다. 사람과 사람이 소통하는 기본적인 소통 수단이기에 어쩌면 당연한 것이라 여긴다. 사람 관계에 있어서 말은 정말 조심해야 하며, 말만 잘해도 반 이상은 간다. 남녀관례라고 다를까?

"저 말을 내가 했다면?", "서로의 말의 위치가 바뀌었다면 어땠을까?"

나의 아내는 이런 말을 나에게 자주 한다. "오빠는 정말 어떨 때 보면 아이 같고 미숙하고 미운 짓도 많이 하는데 말을 너무 예쁘게 해서 뭐라 할 수가 없다"라고 말이다. 결혼해서 살다 보니 안 맞는 부분이 왜 없겠나, 그렇지만 말 한마디만 잘해도 싸우지 않고 웃고 지나갈 수 있으며, 혹시나 싸우더라도 말 한마디 예쁘게 하여 풀 수 있는 것이 사람관계다. 그 첫 번째 단추는 '같은 말이라도 그 말이 누구 입에서 나왔느냐'이다. 이것을 말의 위치, 즉 '토크포지션 이론'이라 부른다. 아내와 2년여간의 연애, 2년간의 결혼생활 동안 한 번도 싸우지 않았다. 그 흔한 언성 한번 높인 적이 없으며, 눈살을 찌푸린 적도 없다. 어떻게 그럴 수 있었을까? 주변에서도 "너희처럼만 살 수 있다면 나도 결혼하고 싶다"라는 말을 자주 한다. 심지어 그런 말을 하는 사람 중에서는 독신 주의자들도 있다. 당연하다고 생각한 것들이 남들이 보기에 대단해 보였던 이유는 뭘까? 핵심열쇠는 아주 사소하다. 기본적인 소통인 '말'이다. 말은 건물로 따지면 기초공사와 같다. 기초공사가 제대로 되지 않은 건물의 위험성을 최근 아파트의 원가절감으로 인한 부실공사로 인해 만천하에 드러났다. 기초를 지키는 것이 그렇게 어려운 일인가? 생각보다 그렇게 어렵지 않다.

어느 날 나는 쉬는 날이었고, 아내는 근무하는 날이었다. 아내가 근무하는 날은 주로 집에서 밀린 빨래나 설거지, 청소를 주로 해 놓는다. 힘들게 일하고 왔는데 설거지와 청소가 밀려 있다면 당연히 짜증이 나기 때문에 이왕이면 이것을 해 놓는 것이다. 그럼 아내는 이렇게 말한다. "오빠 오늘 모처럼 만에 쉬는 날인데 쉬지도 못하고 고생 많이 했네"라고 말한다. 그럼 그 말이 고마운 나는 이렇게 대답한다. "아내가 밖에서 힘들게 일하고 있는데 내가 쉬고 있을 순 없지"라고 말이다. 아내는 굉장히 좋아한다. 단순히 빨래를 하고, 설거지를 하고, 청소를 하는 것이 아니라 이것을 행하면서 아내 생각을 했다는 것을 아내는 확인할 수 있었던 것이다. 만약 아내와 내가 한 말의 위치를 바꿔보면 어떨까?

아내 : 집에 쉬고 있으면서 집안일 좀 해놓지 그랬어!

나 : 나도 진짜 모처럼만에 쉬는데 좀 편하게 쉬게 해 줄 수 없나?

어떤가? 누가 봐도 바로 싸움으로 이어질 것 같지 않은가? 말에 위치에 따라 억양과 담고 있는 뜻 또한 모두 달라진다.

어느 날 카페에서 젊은 부부를 보았다. 이 부부는 어린 아들이 있었고, 카페 안에서 어린 아들을 앞에 두고 말다툼을 하고 있었다. 내용은 정말 평범한 내용이었다. 아내는 전업주부였으며, 남편은 일을 하는데 퇴근 시간이 빠르진 않았던 것 같다.

> 아내 : 오빠 평일에는 내가 애보고 집안일 다 하는데, 오빠가 주말에는 좀 해주면 안돼?
>
> 남편 : 평일 내내 일하고, 주말이 내가 유일하게 쉴 수 있는 날인데 그 주말까지 들들 볶아야겠냐? 솔직히 집에 오는 게 쉬러 오는 것이 아니라, 다시 출근하는 것 같아.

참 안타까웠다. 자! 이제 이 부부의 말의 위치를 바꿔보자 아내가 "오빠 평일 내내 힘들게 일했으니까 주말에는 좀 쉬어" 이에 남편은 "평일에 아이 보고 청소하는 것도 힘들었을 텐데, 주말에는 같이 하자! 그래야 당신도 좀 쉬지"라고 했다면 과연 언쟁이 있었을까? 이것이 바로 '토크포지션'이다. 이것을 설명할 말로 비슷한 단어가 있다면 '역지사지'일 것이다. 서로의 입장이 되어서 생각해야 된다는 것은 같은 맥락이니 말이다.

우선 토크포지션이 되려면 두 가지의 준비사항이 있다. 첫 번째는 나와 함께하는 사람을 관찰해야 한다. 어떤 것을 좋아하는지, 어떤 것을 싫어하는지 말이다. 그래야만 서로에게 나와야 하는 말이 무엇인지를 인식할 수가 있다. 가장 중요한 것은 두 번째이다. '서로를 위하는 마음'이 있어야 한다. 결국 '마음'이 없다면 말뿐만 아니라, 행동 또한 좋게 나올 수 없다는 것이다. 그리고 이것은 한쪽만 노력해서는 절대 이루어질 수 없을 것이다. 박수도 양손이 필요하듯이 말이다.

02

사이좋은 커플은 절대 하지 않는 것

✳

"그럴 거면 애초에 네 친구 남편이랑 사세요"
"그럴 거면 애초에 옆집 애를 데려다 키우시죠"
"그럴 거면 애초에 네 친구 여친이랑 사귀면 되겠네"

우리는 어려서부터 비교를 항상 당해왔다. "옆집 누구누구 반만 닮아 봐라"와 같은 말도 자주 들었다. 그래서 누군가와 비교를 당하면 욱하는 마음에 저런 말부터 생각이 난다. 대화에 있어 비교는 상대의 자존감을 깎아내리는 아주 좋지 못한 태도이다. 특히 내가 가장 믿고 의지하는 연인이나 부부간의 비교는 아주 최악이다. 상대의 잘못된 행동을 이야기할 때에도 꼭 비교를 하며 이야기하는 사람들이 있다. 그러면 무조건 싸움이 날수 밖에 없다. 일단 기분이 상하기에 조언 따위는 들리지도 않을 것이기 때문이다. '세상에 완벽한 사람은 없다' 누구에게나 가지고 있는 장점과 단점이 있다. 단점을 보기 시작하면 마치 발이 늪에 빠진 것처럼 한도 끝도 없이 빨려 들어간다. 비교를 하며 상대의 단점을 꼬집기보다는 오히려 장점을 이야기하며, 장점을 더 키울 수 있도록 격려하는 것이 훨씬 좋은 결과를 가져다준다.

나와 아내는 절대로 남과 비교하지 않는다. 한 번은 내가 완전히 자존감이 바닥일 때가 있었다. 인생에서 크게 실수했을 때이다. 스스로가 못나 보이고, 마치 누군가 내 얘기를 하는 것처럼 보이며, '투자'에 관한 이야기만 나와도 어디 들어가서 숨고 싶은 시절이었다. 하지만 아내는 그런 나에게 다른 사람과의 비교는커녕 '할 수 있다'라는 격려를 항상 해왔다. 그리고 나에게 항상 나의 장점을 알려주었다. "오빠는 말을 잘하니까 말을 하는 일을 해보는 것은 어때?", "오빠 글도 잘 쓰잖아", "오빠 노래를 잘하잖아", "오빠는 책임감이 강하잖아"와 같은 내가 가지고 있는 장점을 말해주는 사람이었다.

그 이후로 나는 "할 수 있다"라고 스스로 최면을 걸기 시작했다. 만약 아내가 아주 잘 된 주변에 누군가와 나를 비교했다면 아마 나는 더 나락으로 빠졌을 수도 있다. 설령 내가 잘못했다 하더라도 자존심이 있는 사람으로서 아내와의 관계가 좋지 못한 방향으로 흘러갔을 수도 있을 것이다.

"남의 떡이 더 커 보이는 법이죠"

앞서 말했던 비교보다 더 좋지 않은 비교가 있다. 스스로 남과 자꾸 비교하는 것이다. 자격지심이다. 이런 습관은 옆에 있는 사람 또한 힘들게 한다. 옆에서 힘을 주려 해도 스스로 무너진다. 이런 경우는 정말 최악이다. 그리고 그 부정적인 생각은 자꾸만 타인을 전염시킨다. 스스로 남과 비교하는 것을 당장 멈추자.

모든 일에 불만인 친구가 있었다. 그 친구를 만나면 항상 불만이 많다. "태생이 가난해서"라는 말을 달고 살았다. 어느 날 최악의 사고가 터지고 만다. 친구가 여자친구와 헤어졌다는 것이다. 우리는 위로를 하기 위해 술자리를 만들었고, 이유를 들은 친구들은 분노했다. 얼마 전 승진시험이 있었고,

친구는 결과가 좋지 못했지만 같이 입사한 동기는 승진을 한 것이다. 이 사실을 알고 여자친구는 당연히 친구를 위로했다. 하지만 친구는 위로를 받는 그 순간에도 "난 왜 이렇게 안 될까?", "난 병신이야", "동기 놈은 잘만 되는데 나는 왜 이럴까?"와 같은 부정적인 말들만 했다고 한다. 그 말을 들은 여자친구는 "오빠가 승진시험에 떨어졌다고 해도 나는 오빠가 최고야"라고 위로했다고 했다. 하지만 친구는 거기서 그치지 않고 "나 같은 놈 말고 더 좋은 사람 있으면 만나"라고 말했다고 한다. 여자친구가 이제 지쳤는지 "오빠 맘대로 해"라고 말하며 가버렸고, 그대로 둘은 이별했다고 한다. 친구들은 그 말을 듣고 누구 하나 그 친구를 위로하지 않았다. 여기저기서 쌍욕이 날아왔고, 그 자리를 떠 그대로 집에 간 친구도 있었다. 그 친구는 스스로 무너졌지만, 다른 사람들에게 분명히 좋지 않은 영향을 줬다. 남은 친구들과 나는 이런 말을 했다. "이번 일로 너의 편이 되어주는 소중한 사람을 놓쳤다"라고 말이다. 그 말을 들은 친구는 그 길로 가서 여자친구에게 적극적으로 사과를 했고, 둘은 화해했다고 한다. 그 후로는 남과 비교하지 않고 노력하고 있다고 한다.

스스로, 연인, 부부간에 비교는 독이다. 누구나 제각기의 장점과 매력이 있다. 물론 스스로 노력해서 매력을 만드는 경우가 있지만, 타고난 매력과 성품 또한 존재한다. 마치 물고기에게 '하늘을 날아봐' 라고 말하지는 말자는 것이다. 더 이상의 비교는 멈추고 서로가, 스스로가 각자의 매력을 사랑하길 바란다.

03

'산'으로 가지 말자

※

"당신네 식구는 종자가 문제야, 종자가"

"오빠는 그럼 저번에 왜 그랬는데?"

양말로 시작된 싸움이 식습관으로 끝났다. 싸우고 있는데 "근데 왜 우리 이걸로 싸우고 있지?"라고 생각하는 순간이 있다. 물론 싸우지 않는 것이 가장 좋겠지만, 싸우게 되더라도 서로의 마음이 다치지 않게 '잘 싸우는 것'이 중요하다. 싸우며 무심코 던진 말이 때로는 평생 가져가는 마음에 상처가 될 수도 있다. 그럼 '잘 싸운다는 것'은 어떤 것일까? 서로가 다치지 않으며, 둘의 다른 생각을 '잘 타협 보는 것' 즉 기분 좋게 문제가 해결되는 것이다.

여자 : 지금까지 어디서 뭐 했어?

남자 : 회식 있다고 말했잖아

여자 : 그럼 회식자리에 갔으면 갔다 카톡이라도 보내주면 손가락 부러지니? 아니면 저번에도 내가 말했는데 말귀를 못 알아듣는 거야?

남자 : 넌 왜 사사건건 다 보고를 받으려고 하냐?

여자 : 적어도 걱정이 안 되게 해주는 게 서로 간의 예의 아니야?

남자 : 그렇게 예의 좋아하는 넌? 지금 말투가 예의 있다고 생각하냐? 그리고 너 하는 행동 하나하나가 다 숨이 막혀 스토커야?

여자 : 스토커? 진짜 최악이다. 나 갈게 연락하지 마.

그 둘은 결국 헤어졌다. 무엇이 문제였을까? 저들의 대화에 몇 가지 문제점이 있다. 일단 가장 큰 문제점은 언어의 순화가 안 되어있다. 같은 말이라도 얼마든지 기분 좋게 할 수 있는데 말이다. 세종대왕께서 한글을 만드신 것은 대단한 일이지만, 우리는 그 한글의 위상을 높일 수 있다. 사랑한다는 말이 있다면 우리는 그 앞에 정말 '사랑한다 진심으로' 처럼 사랑한다는 말로 더 예쁘게 만들 수 있다. 상처 주는 말도 마찬가지다. "진짜 최악이다"라는 말처럼 얼마든지 상처를 더 크게 줄 수 있다. 그리고 두 사람 모두 본인 입장만 이야기한다. '토크포지션' 자체가 안된 것이다. "지금까지 어디서 뭐 했어?"라는 물음에 "미안해 걱정했지? 근데 나도 어려운 자리여서 연락을 할 수가 없었어"라고 남자가 여자의 입장을 먼저 말하고, "다음번에는 미리 말만 해주면 내가 덜 걱정할 것 같아"라고 여자가 말한다면 싸움은 더 커지지 않을 것이다. 마지막으로 대화의 주제가 '산' 으로 흘러갔다. 분명히 여자는 연락에 관해 묻고 있었다. 그에 남자는 '예의' 를 가지고 여자의 행동을 지적하는 모습이 보인다. 이렇게 싸운다면 아름답게 끝내기가 어렵다. 서로의 원하는 것을 채울 수 없다.

부부싸움도 똑같다. 둘의 문제로 시작하여 애꿏은 시어머니, 시아버지, 시누이가 카메오처럼 출현한다. 때로는 장인어른, 장모님이 출현하기도 하고 친구들까지 출현하기도 한다. 둘 중 하나가 지쳐서 떨어져 나갈 것이다. 마치 끝말잇기처럼 말이다. 정말 자주 싸우는 커플이나 부부를 보면 앞서 말한 세

가지 중 어느 하나 빼놓지 않고, 모두 포함되어 있다. 이런 싸움이 계속되면 총알로 막을 것을 미사일로도 못 막는 상황이 온다.

나도 아내와 앞서 말한 상황과 비슷한 상황이 있었다. 하지만 아내와 한 번도 싸우지 않았다. 주변 사람들이 항상 신기하다고 한다. 어떻게 그렇게 싸우지 않고 지낼 수 있냐고 말이다. 이유는 간단하다. 앞서 말했던 세 가지를 꼭 지킨다.

> 아내 : 오빠 뭐 하고 있어?
>
> 나 : 오늘 매장에서 회식이 있어서 연락이 좀 늦었네, 걱정했지? 미안해 미리 말했으면 좋았을 텐데, 어려운 자리여서 내가 너무 정신이 없었어.
>
> 아내 : 알겠어요, 나한테 연락하느라 눈치 보일 텐데 자리 끝나면 연락해요.
>
> 나 : 중간중간 연락 할게요.

이렇게 싸울 수 없는 환경을 만들어 버린다. 그리고 혹시나 다툼이 생겼다 하더라도, 그 상황만을 놓고 이야기한다. 절대로 다른 상황을 현재 상황에 끌어오지 않는다. 그러면 사과를 하는 쪽도 받는 쪽도 아주 간단해진다. 다른 이야기로 빠질수록 서로가 더 많은 생각을 하게 되고 듣는 입장에서는 "그래서 네가 지금 잘했다는 거야?"라고 생각할 수밖에 없다. 이러니 싸움이 멈춰지겠는가?

04

죽을 때 까지 필요한 단 '세 마디'

✳

　"내가 미안해, 고마워, 사랑해" 이 세 가지 단어의 힘은 아주 강력하다. 남녀 사이라면 빼놓을 수 없는 단어들일 것이다. 하지만 저 말을 참으로 안 한다. 이유가 뭘까? 자주 한다고 입이 닳는 것도 아닌데 말이다.

얼마 전 나와 아내가 눈물과 콧물을 바가지로 쏟으며 본 영화가 있다. "님아 그 강을 건너지 마오"라는 영화였다. 연로하신 노부부의 사랑이야기였다. 우리는 그 영화를 두 손을 꼭 잡고 봤다. 손에서 땀이 나고 있음에도 놓지 않고 봤다. 영화 속 할아버지는 90이 넘는 나이임에도 같이 마당의 낙엽을 쓸다가 마치 어린아이들이 눈싸움을 하듯이 낙엽을 할머니에게 던지며 장난을 쳤다. 이에 질세라 할머니도 낙엽을 던졌다. 그 모습이 너무 귀여워서 나도 모르게 나의 입꼬리는 올라갔다. 할머니는 할아버지와의 낙엽싸움에 패하였고, 결국 삐졌다. 할아버지가 비상사태임을 직감했는지 바로 달려가 사과하는 모습이 너무 훈훈했다. 마치 우리 부부를 보는 듯하다. 그렇게 우리는 흐뭇한 미소를 지으며 영화를 지켜봤다. 영화의 후반 부쯤 할아버지가 많이 아프셨고, 결국 할머니의 곁을 떠나셨다. 그 장면을 보며, 우리 부부는 오열했다. 특히 아내는 감정이 많이 몰입된 듯하다. 그래서 놀렸다. 어김없이 등짝을 한 대 맞았다. 그러고는 씨익 웃으며 "사랑한다고"라고 말하고 안아줬다. 연로하신 부부는 괜히 금슬이 좋은 게 아니었다. 앞서 말했던 '세 마디'를 정말 시도 때도 없이 하는 것을 보았다.

가장 기억에 남는 장면이 있다. 노부부가 배를 타고 이동하던 중 할머니가 갑자기 질문을 하신다. "할아버지 내가 여기 물에 빠지면 당신도 빠지겠소?"라고 말이다. 이에 할아버지는 답하신다. "응 빠지지 혼자 살면 뭐 해"라고 말씀하신다. "내가 물에 빠지면 어떻게 할 거야?"라고 물어보는 연인들의 교과서 같은 대답이다. 노부부는 결혼생활을 76년을 하셨다고 한다. 어떻게 76년이라는 시간 동안 TV에도 수차례 나오실

만큼 금슬이 좋았던 것일까? "고맙다", "미안하다", "사랑한다"와 같은 표현이 아니었을까?

우리 부모님도 금슬이 아주 좋다. 동네에서 잉꼬부부라고 소문이 날 정도다. 어렸을 때에는 우리 부모님 같은 부부의 모습이 당연한 줄 알았다. 그런데 커가면서 당연한 것이 아님을 알 수 있었다. 물론 우리 부모님도 가끔 싸우신다. 평상시의 모습이 조금 다를 뿐이다. 앞서 말했던 '세 마디'를 많이 한다. 그것을 보고 자라서 인지 나 또한 그렇다. 너무 과하다 싶을 정도로 많이 한다. '미안해'라는 말에 자존심 세우지 않고, 작은 선행에도 '고마워'라는 말은 꼭 하며, '사랑해'라는 말로 서로의 하루를 채워준다.

나와 아내 또한 똑같다. 아침에 일어나 잠들 때까지 표현한다. '세 마디'를 서로에게 가장 많이 해주는 사람이다. 이렇게 자주 하다 보니 분명히 서로가 감정이 상할만한 일에도 서로 싸우지 않게 되었다.

옆에 소중한 사람이 있다면 실천해 보자. 아껴 둔다고 쌓이는 것이 아니다. 돈과는 다르게 아낄수록 메마르며, 할수록 불어 난다.

05

나는 '나', 너는 '너'

✳

"사랑은 모레와 같아서 쥐려고 하면 할수록 손에서 빠져나간다."라는 말을 어렸을 때 들었던 기억이 있다. 그 말을 이제는 이해한다. 만약 내가 나의 아내를 나의 소유로 여기고 간섭하고, 구속하였다면 아마 지금 아내의 모습은 없었을지도 모른다.

누구나 인생의 주인공은 바로 자신이다. 연인관계에 있어서 가장 기본으로 장착하고 가야 할 마인드는 바로 상대방이 '나의 것'이라는 마인드를 버려야 한다. 지금 내 앞에 있는 상대방은 그 사람의 인생의 주인공이다. 나 또한 나의 인생의 주인공이다. 누군가 소유할 수 없는 존엄한 것이다. 이렇게 생각해야 그 사람을 완벽하게 인정할 수 있다. 이해할 수는 없을 것이다. 내가 상대방이 되어보지 않았고, 상대방 또한 내가 되어보지 않았다. 그러나, 인정은 할 수 있다. 근본적인 인정을 하기 위해서는 상대방은 '나의 소유'가 아니라는 것부터 인정해야 한다. 그리고 이것을 혼자만 해선 안된다. 상호 간의 노력이 같이 공존해야 좋은 효과가 나타난다. 내가 아내에게 처음으로 했던 '노력'이었다. 나도 처음부터 이런 생각을 한 것은 아니다. 처음에는 '익숙함에 속아 소중한 것을 잃지 말자'라는 생각이었다. 이런 마음이 나의 아내를 대할 때의 조심성이 저절로 생겨났던 것 같다. 이러한 진심이 나의 아내의 마음에 닿았던 걸까? 아내는 내가 구속하지 않았지만 스스로 선을 지켜주었고, 나는 그런 아내를 더욱더 믿는 결과를 가져왔다. 마찬가지로 아내는 내가 무엇인가를 자유롭게 할 수 있도록 간섭하지 않고 믿어준다. 그렇기에 나 또한 선을 지키려 노력한다. 앞서 말했던 상호 간의 노력이 만들어낸 좋은 효과라고 할 수 있겠다.

나의 아내는 애주가이다. 술을 아주 좋아한다. 반면 나는 술을 좋아하지는 않는다. 처음에 사귈 당시에 나는 이 부분을 맞추기가 아주 힘들었다. 요즘 세대가 말하는 흔히 나는 '술찌'였기 때문에 한 잔만 먹어도 얼굴이 홍시가 된다. 연애 초반부에 '왜 내가 싫어하는 데도 술을 줄여볼 생각을 하지 않는 걸까? 이 사람과 계속 만남을 이어갈 수 있을까?' 라는 생각한 적이 있었다. 이 사람을 '인정'이 아닌 '이해'를 하려고 했던 것이다. '이해' 될 리가 없었다. 내가 생각한 방법은 '같이 한번 마셔보자' 였다. '인정'하기로 한 것이다. 같이 맛집을 찾고 분위기 좋은 술집을 찾아봤다. 워낙 주량이 적었기에 같이 많이 마시지는 못했다. 그러나 엄청난 효과가 나타나기 시작했다. 아내의 주변 술자리 횟수가 기하급수적으로 줄어들기 시작했고, 현재는 많아 봐야 주 1회 정도이다. "이제는 오빠랑 같이 한잔 하며, 이야기하는 것이 술약속 보다 훨씬 재밌어"라고 이야기한다.

반대로 나는 애어가이다. 어렸을 때부터 물에서 사는 모든 생물을 좋아하고 신기해했다. 아내를 만나기 전에는 이사 갈 때 짐의 절반이 어항이었다. 예전에도 그랬지만 지금도 아내에게 나의 꿈을 이야기 할 때면, 내 건물 하나 갖고 그 건물 1층에서 수족관을 하고 싶다고 이야기 할 정도로 좋아한다. 나의 취미를 넘어버린 작은 꿈을 존중해 준다. 별로 관심 없을 텐데 내가 키우는 물고기에 이름은 항상 아내가 지어주고, "얘는 무슨 종류야?"라며 관심을 표현하기도 한다. 술로 아내를 '인정' 했듯이 나의 취미 또한 '인정' 해 주는 것이다.

우리는 이렇게 서로 인생의 주, 조연을 번갈아 가며, 서로의 영화를 멋지게 찍어가고 있다.

06

유재석도 실천 한다는 대화법

＊

"내가 너였어도 그랬겠다.", "나였어도 그건 힘들었겠다."

　　　예능 프로그램을 보면 많은 연예인들이 토크쇼에 나와 유재석을 칭찬한다. 그 이유를 보면 힘들 때 유재석에게 고민을 털어놓거나 하는 이야기를 들을 수 있다. 그럴 때면 유재석은 상대방의 말을 들어주고 공감을 많이 해준다고 한다. 그로 인하여 상대방은 힘든 시간을 좀 더 잘 버텨냈다고 털어놓는 모습을 자주 볼 수 있다.

아내와 연애 초반 때 일이다. 그때 나는 가전제품 판매업을 하고 있었고, 아내도 동종업계에서 일을 하고 있었다. 나는 쉬는 날이고, 아내는 출근을 했다. 어쩐 일인지 아내가 퇴근 시간보다 빠르게 일이 끝났다고 연락이 왔다. 나는 바로 전화했다.

나 : 어쩐 일로 이렇게 빨리 끝났어?

아내 : 응, 오빠 오늘 좀 빨리 끝냈어.(목소리가 많이 좋지 않다)

나 : 무슨 일 있구나? 오늘 한잔 할까?

아내 : 응, 오빠 나 오늘 한잔하고 싶어.

이렇게 통화를 끝마치고 아내에게 가는 발걸음이 아주 무거웠다. 무슨 일일까? 왜 이렇게 기분이 안 좋은 거지? 자리로 향하는 내내 불안하고 초조했다. 마치 폭풍전야 같았다. 무슨 말이 나올지 솔직히 걱정도 되고 무섭기까지 했다. 같이 술을 마시며 진지하게 물어봤다.

나 : 무슨 일이 있었는지 얘기해 줄 수 있어?

아내 : 오빠 나 일 그만둘까? 너무 힘들다..

나 : 왜? 무슨 일이 있었는데?

아내 : 내가 어려서 그럴까? 아니면 여자라서? 아님 둘 다

인가? 어린 여자라서? 고객들이 나를 너무 무시해 그 부분이 너무 힘들어.

나 : 그게 무슨 말이야?

이렇게 대화하는 도중에 아내가 녹음파일을 하나 들려주었다. 내용은 충격적이었다. 매장으로 전화가 왔는데 아내가 받았다. '나이가 어리고 여자니까 무시하는구나' 라는 생각이 들 정도로 충격적이었고, 반말은 기본이고 심지어 심한 욕설까지 하는 것이 아닌가. 화가 머리끝까지 났다. "이 사람 연락처 뭐야?"라고 물었는데 아내는 끝까지 알려주지 않았다. 육두문자를 뱉으며 연락처를 알려달라고 하는 나의 모습을 보고 아내가 되려 말렸다. 말리는 아내를 안아주었다. "얼마나 힘들었을까, 나였으면 너처럼 참기 힘들었을 거야 대단하다 나보다 더 어른이네? 그리고 일이 너무 힘들면 그만둬! 다른 일 구하면 돼 너라면 어떤 일이라도 잘할 수 있어!"라고 위로해주었다. 그 순간 "오빠 이제 풀렸어"라고 하는 것이다. '응? 무슨 말이지? 내가 뭘 했다고 풀리지?' 라는 생각이 들었다. 얼떨떨했다. 풀렸다고 말하는 그 말을 처음에는 믿지 않았다. 지금 흥분해 있는 나를 말리려고 그렇게 말하는 줄 알았다. 아내는 정말 힘들었는데 오빠가 그렇게 화나는 모습을 보고 '앞으로도 이 사람은 내가 힘들 때 이렇게 해주겠구나' 라는 생각이 들면서 거짓말처럼 기분이 풀렸다고 했다. 공감의 힘을 그때 느꼈다. 내가 대단한 것을 한 것이 아닌데 아내에게는 크게 느껴졌던 것이다. 그 이후로는 아내의 말에 더욱 귀 기울이는 것이 습관이 되었다. 나에게 표현하는 순간도 있지만 그렇지 못한 순간도 내가 모르게 반드시 존재할 수 있기 때문에 언제든 편하게 말할 수 있게 분위기를 조성하는 것이다.

아내와 나는 대화를 정말 많이 한다. 시간이 가는 줄 모른다. 무슨 할 말이 그렇게나 많은지 그렇게 이야기를 하고 있는 아내의 모습을 보면 얼굴에 기쁨이 묻어있다. 어느 날 아내에게 물었다. "오빠랑 대화하는 시간이 그렇게 좋아?" 아내는 "응! 힘든 것도, 기쁜 것도 오빠한테 말하는 게 좋아 기쁨은 나누면 배가되고, 슬픔은 나누면 반이 된다는 말이 이제는 이해가 가"

"무조건적으로 나를 인정해 주는 자기편이 필요한 것은 이기적인 생각이 아니라 인간 감정에 가장 근원적인 욕구이며, 그런 사람이 한 명만 있어도 사람은 살 수 있다." 어느 강연에 나온 말이다. 이 말을 듣는 순간 눈물이 났다. 맞는 말이다. 만약 그 한 사람이 지금 내 옆에 있는 사람이라면 살 수 있을 뿐만 아니라, 세상의 모든 것도 이겨 낼 수 있다.

07

검정색 하고 흰색 중에 뭐가 더 나아?

✳

"오빠 나 오늘 검은색 원피스 입을까? 아님 흰색 치마 입을까?"

애인이거나 아내에게 많이 들어 본 질문일 것이다. 이런 질문을 남자들은 아주 어려워한다. 단순하다. 만약 "둘 다 괜찮아"라는 말이 남자의 입에서 나왔다면, 사실 그대로다. 정말 둘 다 괜찮다는 뜻이다. 하지만 여자들은 이런 대답을 듣고 어떤 생각을 할까? "나한테 관심이 없구나"라고 생각할 것이다. 나의 아내도 가끔 이런 질문을 많이 한다. 행사 자리에 가야 하거나, 나와 데이트를 하는 경우가 주로 그렇다. 최근에 친구들 모임이 있었고, 커플 모임이었다. 준비하던 와중에 옷방에서 아내가 말을 했다. "오빠 오늘 모임 가는데 검은색 치마하고 흰색 원피스 중에 뭐가 더 나아?" 평소 같았으면 "둘 다 괜찮으니까 여보 맘에 드는 것으로 입어요."라고 했겠지만 나는 이미 발전했고 예전의 내가 아니었다.

나 : 검은색 보여줄래?

아내 : (갖다 댄다) 어때?

나 : 흰색도 보여줘.

아내 : (갖다 댄다) 이렇게?

나 : 음.... 솔직히 둘 다 이쁘다.

아내 : 끝이야?

나 : 검은색은 귀엽고, 흰색은 좀 더 섹시해! 여보 컨셉이 오늘 귀여움인지 섹시함이지 하고 싶은 걸로 했으면 좋겠어. 참고로 나는 오늘 귀여움이 더 끌린다.

아내 : 그래? 그럼 오늘 귀여움으로 가야겠다!(만족한 미소를 지으며)

주로 이런 식의 대화이다. 저게 '둘 다 괜찮아하고 뭐가 달라?' 라고 할 수도 있겠다. 엄연히 다르다. 어떠한 과목의 참고서를 고르더라도 답만 적혀있는 참고서를 사고 싶은가? 아마 아내의 심리도 그럴 것이다. '둘 다 괜찮아' 와 내가 풀어서 설명한 것은 아내가 느끼기에 자신에게 관심이 '있다' 와 '없다' 로 나뉘는 것이다. 세상의 모든 여자가 그런 것은 아니지만 분명히 후자보다 전자를 좋아할 여자는 없다. 흔히 말해 이것을 '영혼이 있다' 와 '없다' 의 구분 선인 것이다. 이것은 구분은 대단한 것이 아니다. 말투, 단어의 선택, 또 어떠한 때는 한 글자 차이로 나뉘기도 한다.

어느 날 아내가 나에게 물었다. "오빠는 내 어디가 그렇게 좋아?" 나는 한참을 생각했다. "이유가 없는데?"라고 말했다. 이 대답을 한 이유가 있었다. 그냥 그게 사실이기 때문이다. 물론 여러 가지 이유가 있겠지 "예뻐서", "착해서", 등등 수많은 이유가 존재할 것이다. 이것을 생각해 보면 그런 생각이 든다. '그럼 예쁘지 않으면 만나지 않았을 건가?' 라는 생각이 들어감과 동시에 돌이켜 생각해 보면 어떠한 이유 때문에 아내를 좋아한 게 아닌 것 같다. 이유 없이 보면 좋고 떨리고 결정적으로 처음 본 순간 "이 사람이다"라고 생각을 하였으며, 마음이 그렇게 말하기에 왜 그런지를 생각해 본 적이 없는 것 같다. 나름 스스로 멋있다고 생각했는데 역시나 실수였다. 아내에게 돌아온 대답은 "그럼 이유가 없는데 왜 나랑 결혼했어?"라는 물음과 동시에 안색이 좋지 않다. 큰일 났다고 판단했다. 결혼 후 가장 큰 위기였다. 말은 다시 주워 담을 수 없기에 후회해도 소용없었다. 내가 왜 그렇게 이야기했는지 천천히 설명해주었다. "오빠 내가 오빠한테 듣고 싶은 말은 그게 아니야 나는 그냥 오빠에게 이쁘고, 사랑스러운 여자이고 싶어" 정말 간단한 것이었다. 여러 이유를 떠나 내가 말한 부분은 아내가 영혼이 없게 느낀 것이다. 그래서 요즘에는 아내가 물어보기 전에 내가 먼저 말한다.

나 : 오늘 왜 이렇게 이뻐?

아내 : 나 오늘 이뻐?

나 : 응! 항상 이뻤지만 오늘 더 예쁘다. 나 진짜 결혼 잘했다니까!

아내 : 나도 오빠랑 결혼하기 정말 잘한 것 같아!

이제는 술에 취해도 더 이상 물어보지 않는다.

08

혹시 "고래"세요?

✳

　"어머! 김대리 고마워! 망치질을 왜 이렇게 잘해? 이렇게 칭찬하면요, 남자들 어떤 줄 알아요? 하루종일 망치 들고 다녀요. 여러분 남자들이 죽을 때까지 듣고 싶어 하는 말이 뭔 줄 알아요? '고맙다'는 말이래요." 일전에 어느 강의에서 들은 내용이다. 공감한다. 바로 '칭찬'이다. 남자는 고래와 같다. 칭찬은 남자의 가슴에 열정을 일으킨다. 하지만 우리 사회는 유독 남자에게 칭찬이 인색하다. 칭찬이 단순히 남자의 기분을 좋게 만드는 것뿐만 아니라, 엄청난 시너지 효과가 있는 것을 경험했다.

아내에게 칭찬받는 것을 즐긴다. 나는 한국사와 한문을 좋아한다. 어렸을 때부터 이유 없이 좋았다. 공부는 못했지만 유일하게 잘 본 과목이다. 하지만 어디 가선 국사 얘기 잘 안 한다. '꼰대' 소리를 듣기 때문이다. 아내 앞에서는 잘 얘기하곤 한다. 아내와 여수 여행을 갔을 때 '이순신 광장' 이라는 곳을 갔었다. 역사적으로 가장 존경하는 위인이 이순신 장군님이기에 그곳에 갔을 때 아주 신이 났다. 아내 손을 잡고 걸으며, 줄 곧 떠들었다. 세계 4대 해전이라고 불리는 '한산도 대첩', 기적적인 승리의 '명량해전' 장군님의 마지막 전투이며, 전사하신 '노량해전' 까지 한 시간은 넘게 이야기 한 것 같다. 지루했을 수도 있는데 아내는 나를 칭찬해 주었다. "오빠 역사 정말 잘 안다! 완전 똑똑해!" 그 말을 듣는데 왠지 기분이 좋았다. 그 이후로 더 칭찬받고 싶어서, 더 똑똑한 사람으로 보이고 싶어서 틈틈이 유튜브를 찾아봤었다. '설민석 선생님의 강의'를 듣고 이야기해 주기도 하고, 역사 서적을 읽기 시작했다. 학창시절 한창 공부하던 시절보다 역사에 대해 조금 더 깊게 알게 되었다. 칭찬이 지식상승의 결과를 가져온 것이다.

연애시절 아내는 내가 노래 부르는 것을 듣기를 좋아한다. 물론 어느 정도 노래를 잘 부른다. 노래방에서 듣기 좋게 말이다. 전문적으로 배워 본 적은 없었다. 아내가 나의 노래를 들으면서 행복한 표정을 지으며, "오빠 노래를 듣고 있으면 정말 행복해! 그리고 오빠 노래 너무 잘 불러" 이 칭찬 한마디가 또 나를 변화시켰다. 뭔가 결심이 섰다. 노래로써 무엇인가를 해줘야겠다. 그래서 생각한 것이 앨범을 내는 것이었다. 앨범을 만들어서 그냥 주는 것은 뭔가 무드가 없는 것 같아서 세상에 하나뿐인 노래를 만들어 프러포즈를 해야겠다는 생각이 들었다. 우리의 연애 시절의 전부를 3분 40초의 노래에 모두 담았다. 뮤직비디오를 만들어 영상을 제작했다. 이벤트 카페에 의뢰를 해서 청혼을 했다. 청혼을 했을 때 '여자가 울지 않으면 실패한 청혼이다.' 는 이야기를 주변에서 많이 들어서 솔직한 심정으로 아내가 눈물을 흘리기를 바랐다. 뮤직비디오를 보자 아내는 펑펑 울었고, 엄지손가락을 조용히 치켜올렸다. 성공한 것이다. 지금도 틈틈이 뮤직비디오를 보고, 멜론에 등록된 프러포즈 곡을 리스트에 추가하여 듣고 다닌다. 아직도 그 노래가 질리지 않는다고 한다. 그 칭찬들이 너무 좋아 현재는 보컬레슨을 틈틈이 받고 있으며, 추가적인 앨범도 작업 중이다. 오로지 아내의 칭찬에서 비롯된 일들이다.

"오빠 나는 세상에 모든 여자들이 알았으면 좋겠어! 자랑하고 싶고, 오빠 같은 남자도 있다는 것을 세상이 알았으면 좋겠고 모두 행복했으면 좋겠어."라는 칭찬 한마디에 나는 현재 책을 쓰고 있다.

물론 절대적인 것은 없다. 처음 시도에 변하지 않을 수도 있다. 하지만 확신한다. 칭찬은 남녀 할 것 없이 받는 사람의 자존감을 높여 주며, 무엇이든 도전할 수 있게 만드는 힘이 있다. 내 옆에 정말 사랑하는 사람이 있다면, 오늘은 꼭 한번 해 보자.

그 작은 한마디가 하는 사람도, 받는 사람도 놀라운 변화를 가져다줄 것이다.

"사랑받기 위해서는
가끔은 아내나 여자친구의
말을 철저하게 무시할 때도
있어야 한다."

99

chapter

04

백 마디 말보다

✲

01

말로는 '천당'도 짓는 법이지

✳

"술은 먹었는데 음주운전은 안 했어요!", "남자라면 군대 가야죠!!"
"가수 유모씨가 군 입대를 얼마 남기지 않고, 미국 시민권을 취득해 의도적 병역기피에 대한 관심이 쏠린 가운데"

이런 경우를 우리는 '언행불일치'라고 한다. 살다 보면 말과 행동이 다른 것을 우리는 자주 접할 수 있다. '말'의 중요성은 우리가 이미 알고 있다. 말을 잘하는 만큼 행동 또한 말과 같아야 한다. 그래야 그 사람을 신뢰할 수 있다. 사람관계를 유지하는 데 있어 언행일치는 필수적인 요소다. 양치기 소년의 이야기를 잘 알 것이다. 거짓말이 계속되면 그 사람을 못 믿게 되어 버린다. 남녀관계도 똑같다. 언행불일치를 잘 하는 사람들은 항상 달고 사는 말이 있다. "다음에"이다. 약속을 지키는 것을 본 적이 없다. '다음에' 라는 약속은 가랑비와 같다. 가랑비의 무서운 점은 장대비처럼 홀딱 젖을 일이 없다는 것이다. 내 옷이 언제 젖은 줄도 모르고 젖어버린다. 이처럼 거짓말이 계속되면 나의 신뢰는 무너져 있을 것이다. 거기에 '왜 내가 하는 말을 못 믿지?' 라며 적반하장의 태도로 나온다면 정말 최악이다. 이럴 때는 '다음에' 라는 말보다 약속의 기한을 정확히 명시하는 것이 좋다.

나와 아내는 약속의 기한을 최대한 명시하려 한다. 한 번은 나도 '다음에' 라는 함정에 빠져 아내가 화가 날 뻔했다.

 아내 : 오빠 나 출근해야 되서 소파 위에 셔츠하고 바지 세탁소 맡겨야 해!
 나 : 응! 좀 이따가 할게요~
 아내 : 알겠어! 잊어버리지 말고 꼭 해야 해!

어떻게 되었을까? 당연히 잊어버렸다. 심상치 않은 아내의 목소리가 들려왔다. "오빠! 세탁소에 옷 안 맡겼네?", "아 맞다! 잊어버렸어 미안해"라며 사과했다. 이에 아내는 "나는 오빠가 한다고 해서 신경 안 쓰고 있었는데 차라리 못하겠다고 하던지, 힘드니까 나보고 해달라고 하던지! 이러면 나 오빠한테 뭘 부탁하기가 힘들어!"라고 말하였다. 아내는 화가 좀 나 보였다. 문득 양치기 소년이 생각났다. 정말 무서운 것은 화가 나 있는 아내의 모습이 아니었다. 이런 상황이 계속 반복되면 아내는 나의 말을 믿지 않을 것이다.

소중한 사람과의 신뢰는 너무 중요하다. 신뢰가 무너지면 믿게 하는 사람도 믿으려는 사람도 힘들게 만든다. 오늘의 어리석음으로 내일의 우리를 잃지 않길 바란다.

02

사소한 것이 절대 사소하지 않은 이유

✳

치약 하나 때문에 이혼을 한 부부가 있다. "치약을 밑에서부터 올려서 짜야지!", "아 뭐 어때 그냥 짜면 되지!" 이렇게 시작된 언쟁이 부부를 가정법원에 서 있게 만들었다. 처음에는 "저게 말이 되나?"라고 생각했다. 시간이 지나 보니 말이 된다. "리모컨은 여기다 놓으라니까?", "옷 좀 벗으면 빨래통에 넣으라고 당신이 뱀이야?", "볼일 보고 변기 커버 좀 내려!" 등등 사소한 것으로 시작해 언쟁이 된다. 누군가는 끊임없이 이야기했을 것이고, 그 이야기를 끝끝내 듣지 않았을 것이다. 그러다 보니 작은 것으로부터 시작되었지만, 나중에는 그 사람 자체가 꼴도 보기 싫어지는 것이다. 초심으로 돌아가야 한다. 소통의 기본으로 말이다. '말하기', '듣기',

'실천하기' 아주 간단하지 않은가? 연애 초반에 아내가 '싫어하는 것'과 '좋아하는 것'을 메모했다. 효과는 아주 좋았다. '노트 들고 다니면서 언제 그걸 적고 있냐?'라는 바보 같은 핑계는 이제 통하지 않는다. 누구나 다 들고 다니는 핸드폰 속에 메모장이 있는 좋은 시대에 살고 있지 않은가? 처음에는 어색하지만 둘 사이의 관계를 개선해주는 부적이 따로 없다.

아내에게 절대 하지 않는 것이 두 가지 있다. 첫 번째는 귀가해서 양말을 벗을 시 돌돌 말아서 빨래통에 넣어 두는 것이다. 아내를 만나기 전에 혼자 지낼 때는 그렇게 신경을 쓰지 않았다. 아내와 같이 지내고부터 아내가 싫어한다는 것을 알았다. 하지만 처음에는 습관을 쉽게 고칠 수가 없어서 아내가 불편한 표현을 나에게 했었다. 그때 '치약사건'이 생각났고, 바로 메모해 두었다. 그 이후에는 양말은 꼭 빨래통에 곱게 펴서 넣어둔다. 두 번째는 절대로 호칭을 '야'라고 하지 않는다. '야'라고 한 다음에는 어떠한 부정적인 말이 나와도 다 말이 된다. 호칭을 좀 더 다정하게 부른다면 설사 부정적인 말이라도 그다음 말이 순화 되어서 나온다. '싸울 때 존댓말을 사용하면 좋다'와 같은 이치이다. 내가 그렇게 습관을 들이니, 아내 또한 '여보', '자기'와 같은 달콤한 호칭을 사용한다. 이것이 연인 사이에 가장 중요한 '상호작용'이다.

아내도 꼭 지키는 것이 있다. 나는 식어버린 '음식을 먹는 것'을 정말 극도로 싫어한다. 아내와 나는 아내와 연애 초반에 같이 지낼 것을 생각해 집을 꾸미고 있었다. 배가 고파졌고, 아내도 나도 따뜻한 국물이 있는 식사를 하고 싶었다. 한참 작업을 하는 도중에 초인종이 울렸다. "먹고 하자"라고 내가 말했다. 이에 아내는 "마저 하고 먹으면 안될까?"라고 말했다. 이에 내가 "작업은 먹고 얼마든지 할 수 있지만, 음식은 식으면 맛이 없고 나는 식은 음식을 정말 싫어해"라고 정말 진지하게 말했다. 아내가 그때 나의 표정을 읽은 것일까? 그때뿐만 아니라, 현재도 어떤 것을 하고 있더라도 음식을 먹을 때가 되면 식사부터 한다. 3자가 보면 아주 사소한 일이지만 양말과 식어버린 음식은 나와 아내에게는 결코 사소한 것이 아닌 것이다. 만약 내가 사소하다고 여겼던 것이 과연 내 옆에 있는 사람에게도 사소한 것인지 꼭 생각하길 바란다. 그 생각과 작은 실천이 서로 간의 온도를 바꿔 줄 것이다.

사소한 것이지만 연애 초반부터 현재까지 실천하고 있는 아주 좋은 습관이 하나 있다. 바로 매일 아침 아내에게 장문의 카톡을 보내는 것이다. 누구나 일을 시작하는 아침은 정말 싫을 것이다. 특히 일주일의 시작인 월요일 아침은 '극혐' 이다. 나 또한 직장인으로서 너무 잘 알고 있었기에 '아침마다 소소한 이벤트를 해볼까?' 라는 마음에서 처음 시작하게 되었다. 현재는 4년 동안 하고 있다. 어느 날 문득 '아내도 좋아하는 것이 맞을까? 괜히 이런 것을 해서 부담 느끼는 것은 아닐까?' 라는 생각이 들었다. 내가 카톡을 보내면 아내는 꼭 답장을 하거나, 바쁘면 전화가 오기 때문에 좋은 의도였지만, 아내에겐 부담일까 걱정이었다. 아내에게 직접 물어보았다. "오빠가 카톡 아침마다 보내는데, 혹시 답장하기가 부담스럽다면 안 해도 돼요! 나는 내가 좋아서 하는 것이라서"라고 말하니 아내는 "왜 부담스러워? 나는 요즘 아침마다 오빠 연락 기다리는데! 오빠 카톡 받고, 내가 답장 쓰고 있으면 오늘 내가 출근한 순간을 잠깐 잊게 해 주고 시작이 좋아져! 앞으로도 계속 받고 싶은 카톡이야!"라고 말이다. 다짐했다. 이 것을 멈추지 않고 계속할 것을 말이다. 이처럼 작은 행동 하나가

아내의 아침을 기쁘게 열 수 있다면 질려서 '제발 그만해줘'
라고 할 때까지 할 것이다.

서로에게 잘해주려 했던 사소한 행동습관이 지금은 함께해
온 모든 순간을 바꿨고, 앞으로 함께 할 모든 순간도 아름다
울 것이다. '메모', '카톡'과 같은 아주 작은 것부터 실천해
보라. 아주 큰 변화가 찾아올 것이다.

방목형 인간이 되게 만들라

✳

"형! 결혼과 연애의 차이가 뭐예요?"

"음 아주 간단해! 결혼은 말이야 여자친구가 집에 놀러 왔어, 놀 것 다 놀고 여자친구를 보내겠지? 보내고 게임도 하고 축구도 좀 보며, 취미생활을 좀 즐기고 싶은데 여자친구가 집에를 안가 그렇게 평생 말이야! 그게 연애와 결혼의 차이야"

　　'남자들의 취미'를 과연 어디까지 존중해줘야 하나? 이런 문제로 싸우는 커플을 주변에서 많이 접하곤 한다. 간혹 부부동반 모임이나, 커플 모임에만 가봐도 쉽게 들을 수 있는 토론 주제이다. 심지어 드라마에서도 자주 찾아볼 수 있다. 얼마 전 유튜브 '쇼츠'를 쭉쭉 넘기다가 나의 손을 멈칫하게 한 짧은 영상이 있었다. '아는 와이프'라는 드라마의 한 장면이었다. 남편이 아내 몰래 산 게임기를 아내가 욕조에 담가 망가지게 하고 있다. 남편은 헐레벌떡 그 게임기를 욕조에서 꺼냈고, 둘은 말다툼을 한다. 남편이 "생활비 건드리지 않았고, 용돈 모아서 몇 년 만에 나한테 투자 좀 했어! 그게 그렇게 큰 죄야?"라고 말했다. 이 드라마를 다 본 것은 아니지만, 가슴이 아팠다. 여자들은 남자의 취미에 왜 부정적이며, 그 부정을 낳는 취미는 어떤 것들이 있을까? W사 인터넷 신문에 나온 '여자들이 싫어하는 남자 취미 순위 Top 8'에 선정된 남자들의 취미들이다.

8. 희귀 애완동물 기르기

7. 피규어 모으기

6. 카메라

5. 자동차 튜닝

4. 게임중독

3. 오토바이

2. 애니

1. 낚시

이 중 영광의 1위는 낚시가 차지했다. 여자들은 왜 나열한 남자들의 취미에 부정적일까? 주변에 결혼을 먼저 한 누나가 명언을 남긴다. "취미가 무슨 죄냐, 그걸 하는 남자들이 죄지"라고 말하며, 세 가지 공통점을 나열해줬다. 첫 번째는 하나 같이 '돈이 들지 않고 할 수 있는 취미가 없다' 라는 것이다. 특히 고급 낚싯대 가격을 듣고 기겁했다는 것이다. 두 번째는 '혼자' 만 즐길 수 있는 것이 태반이고, 세 번째는 한 번 시작하면 대부분 중독 수준을 넘어서 '죽어야 끝이 난다' 라는 것이다. 여기에 포함된 남자 들 중에 적당히 하는 것을 거의 못 봤고, 이러니 여자들이 싫어할 수밖에 없다고 한다. 문제의 포인트는 취미생활의 자체를 싫어하는 것이 아니다. 취미 생활에 빠져 일상에 지장을 주고, 나의 아내, 여자친구는 안중에도 없어 보이는 것이 싫은 것이다. 과연 이 논쟁의 해결책이 있을까? 서로를 방목할 수 있을까?

결혼하기 두 달 전, 일을 잠깐 그만둔 적이 있었다. 목적은 딱 하나였다. 아내와 결혼 전에 '둘 만의 시간을 온전히 보내고 싶어서'였다. 일주일이 지나고 나니 정말 할 것이 많이 없었다. 문득 '오랜만에 게임이나 좀 해볼까?'라는 생각에 검색해 봤고, 오래전 재밌게 했던 '메이플스토리'라는 게임이 생각났다. 그 시절 향수에 젖어 게임을 켰다. 정말 재밌었다. 그렇게 게임을 하고 있는데 뒤통수가 아려왔다. "게임하려고 일 그만뒀구먼?!"이라며 아내는 귀여운 투정을 부렸다. 30만 km/S 즉, 빛의 속도로 컴퓨터를 껐다. 덕분에 등짝 스매시는 면했다. 그 후에 아내가 먹고 싶다고 했던 '바닐라 라떼'를 먹으러 가자고 했다. 아내의 기분이 풀렸다. 그 순간 모든 의문점도 풀렸다. '이 논쟁의 해결책이 있을까?'에 대한 답은 '적당히'라는 것이다. 아내와 카페를 다녀온 뒤에 말했다. "오랜만에 하는 게임이 너무 재밌어서 그런데 두 시간만 할게"라고 했고, 진짜로 두 시간 뒤에 컴퓨터를 껐다. 약속했기 때문에 더 하고 싶었지만 그만했다. 마치 학교를 다녀온다고 나간 아들이 하교 시간에 맞춰서 귀가하는 것처럼 말이다. 그 뒤로부터는 신기하게도 내가 게임을 하는 것에 관하여 더 이상 아내가 화를 낸 적도 기분 상한 적도 없다고 한다. '적당히'로 인하여 알아서 조절하는 모습을 보여줬기 때문이다.

결국은 방목도 '신뢰'의 문제다. 내 옆에 있는 사람이 방목형 인간이 될 수 있게 내가 만드는 것이었다. 어느 한쪽만 해당하는 것이 아니라, 남녀 모두 해당 요소가 있다.

아내는 술을 좋아하니, 당연히 술자리도 좋아한다. 마음 맞는 사람과 술잔을 기울이는 것을 '인생의 낙'이라고 표현하니 말이다. 반대로 나는 술을 좋아하지 않으니, 술자리가 길어지면 오히려 힘들다. 연애 초반에 서로의 친구들에게 서로를 소개하는 자리를 많이 만들었었다. 아내는 어김없이 술자리를 만들었다. 주 3~4회 정도 되었고, 그 이상인 경우도 많았다. 그렇게 한 달을 지내니 나의 체력이 바닥이 났다. 아내에게 "오빠 이제 술 마시러 다니는 것이 너무 힘들어"라고 말했다. 그 이후로 아내는 술을 자주 마시지만, 집에서 나와 함께 즐길 뿐 한번도 주 2회 이상 술자리를 만들지 않는다. 말 그대로 '적당히' 하는 것이다. 나도 이런 아내의 마음이 고맙고, 예뻐서라도 아내가 잡은 술 약속에 웃으며 따라가거나, 다녀오라고 하는 것이다. 각자의 취미는 존중받아야 한다. 하지만 이해만 바라는 것은 너무 이기적이니 말이다.

방금 이야기했던 아내의 술과는 상반되는 이야기를 얼마 전에 SNS에서 봤다. 결혼 3년 차 부부의 전업주부 아내가 쓴 글이었다. 퇴근하면 바로 집에 오던 남편이 얼마 전부터 집에 늦게 오기 시작한다는 것이었다. 혹시나 하는 마음에 확인해 보니 바람은 아니었고, 최근에 집 근처 동네로 이사 온 친구와 술자리를 잡고 모여서 놀다가 늦게 들어온다는 것이다. 처음에는 화도 내보고, 타일러도 봤고, 심지어 각서까지 썼지만 개선되는 것이 없었다는 것이다. 그렇게 반년을 마음 졸이며 살다 보니, 아내는 '이젠 안돼서 그냥 포기하기로 했다' 라고 한다. 아내가 찾은 답은 '무시' 였다. 남편이 무엇을 하던 아내의 할 일만 하고 나머지는 남처럼 대한 것이다. 이 사실을 알 리 없는 남편은 마치 자유를 찾은 듯 더 나돌았지만, 어느 순간 싸함을 느꼈고, 아내에게 물었지만 친절할 리가 없었다. 사과를 했지만, 아내의 입장에서는 그렇게 마음먹기까지 오랜 시간이 걸렸고, 풀리는 것도 같을 것 같다고 했다. 이에 응원하는 댓글들이 많이 달렸다. "원래 악플보다 무서운 것이 무플이다. 화내고 싸우는 것도 관심이 있어서 하는 거지", "글을 담담하게 쓰셨지만, 아내의 마음이 어떨지 상상이 안 가고, 속상하다", "응원한다" 등의 댓글이 이어졌다. 읽고 난 뒤에 가슴이 아팠다. 일어나지 않아도 될 일이 일어난 것처럼 말이다. '적당히' 했다면, 일이 이렇게 커지지는 않았을 것이다. 시간이 얼마나 걸릴지 모르겠지만, 남편분이 다친 아내의 마음이 치유될 수 있도록 해주길 바란다.

취미를 존중받길 바라는가? 그전에 나는 내 옆에 있는 사람에게 얼마만큼 '존중' 했고, 얼마만큼의 '신뢰' 가 쌓여 있는지 되짚어보라. 결국 '이쁨' 도 '미움' 도 본인에게서 나온다.

04

때로는 무시하는 남자가 되라

✳

"사랑받기 위해서는 가끔은 아내나 여자친구의 말을 철저하게 무시할 때도 있어야 한다."

무슨 개소리를 이렇게 정성스레 써놨나 생각할 수도 있다. 하지만 사실이다. 특히 남자들 중에 하란다고 진짜하는 '멍청이'들이 꼭 있다. 일전에 이뻐하는 동생의 연애상담을 해준 적이 있다. 그 동생과 같이 하는 모임에서 '남자들의 우정 여행'이라는 테마로 여행을 간 적이 있다. 여행이 끝나고 그 동생의 차를 타고 집에 가던 중에 이런 대화를 했다.

종민 : 형 내려드리고 익산 갈까요?
나 : 왜?

종민 : 여자친구가 그냥 집에 들어가래요.

나 : 너 여친 안 본 지 얼마나 되었지?

종민 : 일주일 정도요.

나 : 그럼 피곤하더라도 보고가.

종민 : 그냥 들어가라는데요?

나 : 여자친구가 너에게 들어가서 쉬라는 것은 두 가지 경우 중 하나다. 진짜로 들어가라고 한 말일 수도 있지만 네가 피곤할까 봐 배려한걸 수도 있어, 때로는 그런 배려를 철저하게 무시할 필요도 있는 거야! 지금 여자친구와 헤어졌던 이유가 "자신을 사랑하지 않는 것 같아서"라고 했다며, 가서 말해 "네 말대로 들어가려 했는데, 피곤한 것보다 네가 너무 보고 싶어서 잠깐이라도 보고 가려고"라고 말해봐 분명히 널 다시 볼 거야 형 말 믿고 한번 가봐! 정말 좋아할걸? 사랑이라는 건 시간이 났을 때 해 주는 게 아니라, 시간을 내서 해 주는 거야 그래서 적어도 여자가 느끼기엔 시간이 없다는 말은 다 핑계야.

종민 : 그럼 가봐야겠네요!!

그날 저녁 그 동생에게서 연락이 왔다. "형 여자친구가 정말로 좋아했어요! 감사합니다. 형 말 듣기를 정말 잘한 것 같아요!"라고 말했다. 다행이었다. 그 동생의 여자친구는 동생을 배려한 것이 맞았다. 나도 처음에 아내와 연애할 때 이런 부분이 좀 어려웠다. 진심과 배려를 자꾸 헷갈렸었다. 아직 정확한 것 은 아니지만 수년을 같이 하다 보니 어느 정도의 캐치는 한다. 분명히 나를 생각하고 있지만, 말끝이 흐려진다거나 시선을 다른 곳에 두고 얘기한다면 이건 무시해도 되는 배려이다. 가전제품 판매일을 할 때 잠깐 외근을 다녀온 적이 있었다. 하필이면 외근하는 곳이 아내가 다니는 회사 근처였고, 외근지로 출발하며 아내에게 전화를 했다. 외근지에서 업무를 마치고 돌아가야 하는 시간이었는데 돌아간다고 전화를 다시 했다. 아내의 목소리가 약간 기대하는 눈치였지만 말은 "오빠 늦었잖아 얼른 들어가 봐요 혼나겠다."라고 이야기 하는 것이었다. 순간 고민했다. 시간을 맞춰서 혼나지 않을 것인가, 혼이 나더라도 아내의 배려를 무시해 볼까? 결국 나는 아내를 무시했다. 아내가 좋아하는 '스타벅스 돌체라테'를 사서 아내에게 갔다. "여보야 나 근처야 나와." 아내가 정말 좋아했다. 그런데도 말은 "오빠 혼나는 거 아니야? 그냥 바로 가지." 거기에 나는 "그냥 가기에는 너무 아쉬워서 보고 싶어서 왔어"라고 말하는데 아내는 이미 기분이 날아갈 듯 좋아하고 있었다. 물론 회사에 복귀해서 잔소리를 몇 마디 듣긴 했지만 기분은 아주 좋았다. 어찌 되었든 아내는 웃었으니까 말이다.

아내는 참치회를 아주 좋아한다. 반면 나는 참치회를 먹지 않는다. 요즘은 가끔 내가 먼저 참치회를 먹으러 가자고 말한다. 이내 아내는 나를 배려한다. "오빠 참치회 못 먹잖아" 나는 또 "괜찮아"라며 아내의 말을 무시한다. 보는 앞에서 전화해 예약을 한다. 못 이기는 척 가서 참치회를 맛있게 먹는다. 항상 가는 집이 있고, 그 집에서 참치회와 같이 파는 닭꼬치를 먹으며 아내가 즐거워하는 모습을 보며 뿌듯해한다. 그런 나의 모습에 아내는 항상 고마워한다. 작은 행동들로 인해 이제는 서로가 서로를 가장 잘 안다. 이 과정을 통해서 좀 더 자세히 알아갔다.

지금 옆에 있는 사람의 작은 배려를 가끔은 무시해보라. 상대방은 그 무시를 감사로 받을 것이고, 곧 상호작용이 일어날 것이다. 서로가 서로를 잘 알며, 무엇을 해도 행복한 둘이 되어 있을 것이다.

05

제발 주고도 욕먹지는 말자

✳

"기껏 줬더니"

　　얼마 전 SNS에서 재밌는 이야기를 보았다. 2주년 선물로 남자친구가 여자친구에게 화장솜을 선물한 것이다. 일단 주는 선물이니 받았지만, 집에 와서 생각해보니 화가 난 것이다. 남자친구에게 따져 물었다. 남자친구의 반응은 적반하장이었다. 도통 무엇이 문제인지 모르는 눈치였다. 남자의 입장은 '생에 처음으로 화장솜을 사러 올리브영이라는 곳을 방문했던 자신의 노력을 왜 몰라주냐'였다. 그렇다면 반대로 여자친구가 2주년 선물로 300원짜리 라이터를 사주면 기분 좋을까? 선물이란 무엇일까? 특히 연인 간의 기념일 선물은 받을 당시 두 가지를 떠올리게 한다. 첫째로 얼마만큼의 정성이 들어갔느냐, 둘째로 이것을 준비하면서 나를 생각했을 사람의 마음이다. 물론 가격이 비싼 제품이나, 기존에 가지고 싶었던 선물을 받는 것도 좋겠지만 아내와 오랜 시간 함께하며, 선물의 기준은 오로지 가격으로 결정되지 않는다는 점을 발견했다. 아내와 사귄 지 10일째 되던 날이었다. 아내에게 장미꽃 '한 송이'를 사가지고 갔다. 아내는 깜짝 놀라 물었다. "오빠 웬 꽃이야?" "우리 오늘 사귄 지 10일째더라고 마침 지나가는데 꽃집이 보이길래 생각나서 샀어"라고 말했다. 좋아했을까? 반응은 대성공이었다. 굳이 따지고 싶지 않지만 꽃 한 송이에 3천 원 주고 샀다. 내가 알고 있기로는 올리브영에서 화장솜이 2천 원 하는 것으로 알고 있다. 비슷한 가격을 지불하고 구매했지만 결과는 완전 다르다. 과연 뭐가 다를까? 가격은 비슷한데 말이다. 정말 사소하지만 꽃 한송이는 앞서 말한 두 가지를 다 포함하고 있다. 다들 알겠지만 아무리 지나쳐도 꽃을 사려고 마음먹는 사람은 흔치 않다. 그 마음을 먹었다는 것과 그 꽃을 사면서 아내의 생각을 했다는 것이다. 이 두 가지의 마음이 아내에게 와닿은 것이다. 그렇다고 이 글을 읽고 '아 저 두 가지만 충실하면 되는구나' 라고 느끼며 1천 장의 종이학을 접는 바보는 없길 바란다. 마치 여자친구를 데리고 노래방 가서 고해를 부르는 사람처럼 말이다. 적어도 선물을 할 때 그 사람이 필요한 것이 무엇인지 살펴보고, 모르겠다면 인터넷 검색이라도 해보라. 검색하면 내가 생각지도 못한 것까지 다 나온다. 그 정도의 노력은 하라는 것이다. 그 정도의 노력도 하기 싫다면 조용히 떠나 주는 것이 예의 아닐까?

아내와 연애를 할 때 아내의 반응을 많이 관찰했었다. 어떤 것에 행복을 느끼는지, 어떤 것을 싫어하는지 지속적으로 관찰했다. 어떤 것을 좋아하는지 말해 보라고 하면 1박 2일간 얘기할 수 있을 정도이다. 이런 관찰 덕분인지 향후 3년간 생일, 결혼기념일, 다가올 1500일, 2000일 선물은 이미 정해 놓았다. 물론 상황에 따라 약간의 변수가 있을 것으로 예상하지만 걱정하지는 않는다. 내가 어떤 것을 해야 좋아할지를 아니까 말이다.

"좋은 소리를 해줘도 난리야"

최근에 '유퀴즈 온 더 블록'이라는 프로에서 '조언과 잔소리의 차이는?' 이라는 주제로 토크를 하는 것을 보았다. 유재석과 조세호가 진행을 하는 프로그램이었다. 거기에 나온 게스트는 초등학교 고학년 정도 되어 보이는 어린 여자아이 두 명이었다. 유재석이 "조언이 있고 잔소리가 있잖아요, 두 분이 생각하시는 잔소리와 조언의 차이는 뭘까요?"라고 물어봤다. 이에 여자아이가 정말 상상하지도 못할 기가 막힌 답변을 한다. "잔소리는 왠지 모르게 기분 나쁜데, 조언은 더 기분 나빠요." 순간 MC들이 빵 터진다. 나 또한 박장대소했다. 이에 조세호가 "차라리 잔소리가 나아요?"라고 물으니 "그냥 안 하는 게 낫죠"라고 말했다. 그 말을 들은 유재석이 자연스럽게 정리했다. "노터치! 난 나야! 넌 너고!"라고 말이다. 웃으며 보다가 크게 와닿았다. 어쩌면 성인이 나오는 것보다 저런 순수한 아이들이 나와 이야기하는 것이 더 신빙성이 있지 않을까 하는 생각을 했다.

나의 연애 초반 때 생각이 났다. 술로 인해 대화를 참 많이 했었다. 아내는 상당한 애주가다. 일 년 365일 중에 360일 정도를 마신다. 처음에는 술을 좋아하지 않던 나는 이해가 되지 않기도 했고, 걱정도 되는 마음에 여러 조언을 참 많이 했다. 좋은 이야기라고 생각해서 해 준 이야기지만 아내는 그리 달갑지 않은 눈치였다. "오빠 걱정하는 부분 알겠는데 사실 나도 걱정은 돼, 하지만 일주일 내내 열심히 일하고 내가 가질 수 있는 유일한 즐거운 시간이야, 내가 줄여볼게"라고 말했다. 그렇다. 알고 있었다. 거기에 내가 더 보탰기에 조언이 아닌 스트레스였던 것이다. 나의 걱정이 '이 사람의 행복을 억제하는 것은 아닌가' 라는 생각이 문득 들었다. '조언' 으로 시작해서 아내의 '스트레스'로 끝난다면, 무슨 의미가 있을까? 그래서 말했다. "여보야 먹고 싶으면 먹어, 스트레스받는 것 보다는 먹는 것이 더 나아 만병의 근원은 술이 아니라 스트레스야"라고 아내를 다독였다. 내가 이런 말을 한 이유는 아내도 충분히 알고 있는데 나까지 더 보탤 필요가 없다고 느꼈고, 스트레스를 받는 것에 걱정이 되었다. 그 이후로는 "오빠도 같이 마시자"라며, 저녁에 같이 마시곤 한다. 아내는 그런 나의 작은 배려에 항상 감사해하고, 행복해한다.

사랑하는 사람에게 주는 것에 대한 행복은 이루 말할 수 없을 만큼 크다. 선물이든 조언이든 말이다. 하지만 그것을 받는 사람도 행복을 느껴야 진정한 가치가 형성되는 것은 아닐까?

06

인생은 타이밍이야 임마!

✳

"빅보스 송신"

　　드라마 '태양의 후예'를 본 사람이라면 다 아는 명대사일 것이다. 얼마 전 아내와 태양의 후예를 정주행 했다. 사람마다 기억에 남는 장면은 다 다르겠지만 나는 저 대사가 가장 인상 깊었다. "아니 어떻게 저 타이밍에?"라는 생각이 들었다. 물론 드라마니까 가능하겠지만, 현실에서는 많이 없는 일이기에 더 아름다운 것이 아닐까? 만약 여주인공이 그 사막에 서있지 않았다면, 유시진이 그 타이밍에 무전을 하지 않았다면, 그리고 만나는 순간 OST가 나오지 않았다면 그렇게 아름답고 멋진 장면은 나오지 않았을 것이다. 누구나 찰나의 순간이 있다.

오랜 시간 동안 나의 아내를 짝사랑했다. 2년 동안이나 말이다. 2017년에 만나 첫눈에 반했고, 같은 직장에 다니고 있었다. 아내에게 2달을 고민하여 고백했지만, 보기 좋게 거절당했다. 아내가 원하는 스타일이 아니라며, 오빠 동생 사이가 좋다고 했다. 그 후 얼마 뒤에 아내에게 남자친구가 생겼다. 한 동안 힘들었다. 남자친구가 있는 아내를 바라보는 것 밖에는 할 수 있는 것이 없었다. 그렇게 2년이라는 시간이 흘렀고, 각자 다른 직장에서 근무 할 때였다. 미련이었을까? 그 후에도 카카오톡 상태 메시지를 주기적으로 보았고, 남자친구와 헤어졌다는 것을 알았다. '기회'라고 생각했다. 바로 연락하면 속이 보일까 봐 일주일 뒤에 연락을 했다. 이런저런 얘기를 나누다가 술 한잔 하자고 약속을 잡았다. 고백하고 2년 만에 찾아온 기회였다. 사실 거절당하고 나서 바뀐 것이 좀 있었다. 관리를 하기 시작했었고, 살도 빠지고 패션도 좀 바뀐 상태였다. 약속 시간이 되어 만나 술잔을 기울이기 시작했다.

아내 : 오~~ 오빠 이제 술도 마실줄 알아? 예전엔 한 잔

도 못 마시더니?

나 : 나 남자여~ 소주 한 병은 먹어

아내 : 오~~ 대단한 발전인데?

나 : 아참 너 그때 만나던 남자친구는 잘 만나?(알고 있지
만 물어봤다.)

아내 : 아니, 헤어졌어.

나 : 아이고 미안하다... 한잔해라~

.

.

나 : 그럼 이제 나한테도 이제 기회가 생기는 건가?

순간 정적이 흘렀다. 아내는 이어 "오빠 자꾸 그러면 나 오빠
보기 싫어질 것 같아."라고 또 한번 거절했다. 술자리를 끝내
고 집에 오는 길에 이런 생각이 들었다. '열 번 찍어 안 넘어
가는 나무 없다며, 다 헛소리구만! 내가 열 번을 안 찍어서 그
런가? 얘랑은 이번 생엔 아닌가 보다' 라는 생각이 들었다. 이
제는 마음을 접어야 할 때라고 생각했다. 그렇게 일주일 뒤에
다시 연락이 왔다. 내가 먼저 연락하지 않으면 하지 않던 사

람이 먼저 연락이 왔다. "술 한잔 할래?"라고 아내가 먼저 물어봤지만 내가 선약이 있었고, 접어가던 마음이었기에 거절했다. 아내는 아쉬운 말투로 전화를 끊었다. 5일 뒤에 또 전화가 왔다. 술에 살짝 취한 목소리였다.

> 아내 : 오빠 나 지금 오빠 집으로 가도 돼?
>
> 나 : 무슨 여자애가 이 시간에 겁도 없이 남자 집에 취해서 찾아와?
>
> 아내 : 그래서 안된다고?
>
> 나 : 아니 잠깐 잠깐만! 너 진짜 괜찮겠어?
>
> 아내 : 그건 모르겠고, 일단 간다?
>
> 나 : 그래 일단 알겠어. 천천히 와 주소는......

순간 기분이 묘했다. '얼 탔다.' 는 표현이 맞겠다. 30분 뒤에 도착했지만 5시간보다 더 길게 느껴졌다. 술에 살짝 취한 아내가 도착했다. 술을 조금 더 사서 집에 올라갔다. 집에 들어가며 아내가 "실례하겠습니다."라고 귀엽게 인사를 하며 들어왔다. 그렇게 어색하게 둘이 술만 홀짝홀짝 거리고 있었다.

그러던 중 아내가 먼저 말을 시작했다.

> 아내 : 이제 나 포기했어? 연락도 없고..
> 나 : 아니, 네가 나 싫다며
> 아내 : 그런 줄 알았지, 근데 아니던데? 나던데 오빠생각,
> 이렇게 오빠 집까지 왔는데 왜 사귀자는 말을 안해?
> 나 : 엎드려 절 받기 같지만 우리 사귀자 진지하게 만나자.
> 아내 : 그래! 꼭 이렇게 상을 차려줘야 말을 하는 거야?
> 나 : 고마워! 내가 잘해볼게!
> 아내 : 아니야, 우리 같이 잘해야지!

참으로 당황스럽지 않을 수 없었다. 포기하고 있었는데 마치 그렇게 얻고 싶을 때는 없더니, 포기하려고 하니 나의 아내가 나에게 다가왔다. 2019년 4월 17일 그렇게 우리는 1일이 되었다. 그 후에 같이 소주 한잔 하며 "내가 그렇게 싫다며 마음을 바꾼 이유가 뭐야?"라고 물어보니 아내가 "이제 나에게 기회가 생긴 거냐고 물어봤던 오빠의 말이 시간이 지나도 머릿속에 남아서 맴돌더라고, 처음에는 헷갈렸는데 그 말이 나의

생각을 바꿔놓은 것 같아 2년 동안 날 좋아했다는 것도 너무 감사하고, 왠지 오빠랑 사귀면 행복할 것 같다는 생각이 들었어."

만약 내가 상태메시지를 확인하지 않았다면, 아내에게 먼저 술을 마시자고 하지 않았다면, 그 술집에서 '기회가 온 거야?'라는 말을 하지 않았다면 어땠을까? 지금도 아내는 말한다. 우리의 만남은 "오빠가 술집에서 나한테 기회가 온 거냐는 말로부터 시작되었어."라고 말이다. 딱 그때 그 순간 그 말이 엄청난 힘을 발휘한 것이었다. 그러기에 '연애'라 쓰고 '타이밍'이라 읽는다.

누구에게나 찰나의 '기회'는 온다. 그 황금 같은 타이밍을 놓쳐 후회한 적은 없었나?

07

최수종이 국가대표 '스윗남'인 이유

✳

"나는 대한민국을 대표하는 배우와 쌍벽을 이루는 라이벌이다."

그는 왕이었다. 멋있는 수염을 기르고 허리에는 거대한 검을 차고 말을 타는 그런 왕 말이다. 수 백 명의 신하들을 카리스마 있는 눈빛으로 리드하는 모습을 보면서 대한민국 남성들은 열광했을 것이다. 왕의 역할이 끝나면 카리스마 따위는 곱게 접어 두고 집에 있는 왕비에게 이런 말을 전한다. "난 겨자 좋아, 여자 싫고", "난 반찬 없어도 당신만 있으면 밥 먹을 수 있어"라는 꿀을 한 솥단지는 바른 듯한 말을 한다. 응? 우리가 알던 왕이 아니다. 이에 질세라 쌍벽을 이루는 나는 라이벌답게 "너 정말 예쁘다, 예쁘다, 예쁘다니까", "다빈치가 널 봤다면 모나리자 그림은 존재하지 않았겠지?" 라는 손발이 열 개여도 모자랄 만한 말을 한다.

이런 사람을 팔불출이라 한다. 강산이 3번 변하도록 변함없는 사랑을 유지하고 있는 최수종 배우의 이야기다. 그의 아내 '하희라'는 대한민국 여자들의 부러움을 한 몸에 받고 있다. 아내는 최수종의 영상을 보며 "오빠를 보고 있는 것 같아"라고 말한다.

나 : 최수종 님은 정말 대단한 것 같아, 어떻게 사람이 저러지?

아내 : 오빠도 저래, 보고 있으면 오빠 보는 것 같아.

나 : 오늘부터 내 롤모델은 최수종 님이다. 저분처럼 살고 싶다.

아내 : 그럼 나한테 앞으로 30년 이상을 지금 모습처럼 살아야 하는데 자신 있어?

나 : 여보가 변함없이 내 옆에서 행복하다면 충분히 가능해! 내 생각엔 하희라 님도 노력했기에 30년이나 변함없

는 모습을 보여줄 수 있지 않았을까?

아내 : 하긴 맞는 말이네.

긴장을 놓을 수는 없다. 최수종이 국가대표 스윗남이 된 가장 큰 이유는 바로 '변함없기' 때문이다. 얼마 전 나영석 피디가 유퀴즈 게스트로 나와서 이런 말을 했다. '내 인생에 영향을 끼친 대중문화 스타가 있다면?' 이라는 질문에 대한 답변이었다. "저는 요즘 호동이 형 생각을 되게 많이 해요, 옛날에는 대단한 사람이 대단해 보였지만 지금은 오랫동안 꾸준한 사람이 너무 대단해 보여요"라고 말이다. 두 부부는 어떻게 오랜 시간을 변하지 않을 수 있었을까? 얼마 전 '동상이몽' 이라는 방송을 보고 그 비밀을 알아냈다. 스위스의 중년 부부와 최수종 부부가 같이 식사를 하고 있었는데 스위스 부부가 물었다. "25년 동안 한 번도 싸우지 않았다고 하는데 어떻게 그럴 수 있나요?"라는 질문에 최수종이 "나는 하희라씨를 나의 딸처럼 생각한다"고 했다. 이번엔 하희라에게 질문했다. "아내분도 같은 생각인가요?" 이에 하희라도 답했다. "아들처럼 생각한다"였다. 이 부분에서 나는 '내리사랑' 이라는 말이 생각났다. 최수종과 하희라 두 사람은 서로를 서로의 자녀를 보 듯이 보는 것이다. 세상에 자녀에게 주는 것을 아까워하는 부 모는 없다. 내 자녀의 선물을 살 때, 내 자녀가 맛있게 먹을 때, 자녀가 웃을 때 부모는 행복을 느낀다. 이것은 변할 수 없 는 사랑이며, '주는 행복' 이라 한다. 두 사람이 변할 수 않을 수 있었던 핵심열쇠였다.

아내가 출근을 하고, 내가 쉬는 날이면 항상 집안을 청소한 다. 그리고 같이 먹을 저녁에 대해 생각한다. '오늘은 어떤 것 을 해주면 하루 스트레스를 다 잊을 수 있을까?' 라는 생각을 한다. 어제는 술 생각이 날 아내에게 '파김치 삼겹살' 과 '육 사시미'를 술안주로 준비해 줬다. 이렇게 준비를 해 놓으면 100점짜리 받아쓰기 성적표를 받아온 아들을 보는 듯 행복한 미소를 지으며 말한다. "우리 오빠 고생 많았네? 좀 쉬지 그 랬어, 너무 고마워 오빠가 짱이에요!"라고 말이다. 그런 아내 의 표정을 봐야 직성이 풀린다. 그것을 보는 것이 행복이다. '주는 행복' 인 것이다. 나의 아내는 옷을 사는 것을 좋아한 다. 나의 옷을 말이다. 쉬는 시간에 보면 항상 인터넷 쇼핑몰 을 보고 있다. 그리고 캡처를 해서 나에게 보내준다. "오빠 이

건 어때? 오빠한테 잘 어울릴 것 같아"라고 하면 나는 "응 좋아"라고 한다. 어차피 선택권은 없다. 그럼 며칠 뒤 그 옷이 집으로 온다. 그리고 나는 그 옷을 입어본다. 아니 엄밀히 말하면 아내가 입힌다. 중요한건 입어보면 나도 만족한다. 어려지기 때문이다. 웃고 있다가 아내를 보면 더 크게 웃고 있다. 자기 옷을 산 것도 아닌데 말이다. 주변에서 칭찬한다. "요즘 옷 입는 스타일이 좀 어려진 것 같다?"라고 말하면 아내는 세상 좋아한다. 나를 코디하는 것이 아내에겐 행복인가 보다. 그래서 언제부턴가 내가 옷을 걱정하는 일이 없어졌다.

이렇게 주는 것에 행복해하며, 또 다른 꿈이 생겼다. 중년이 되었을 때 최수종, 하희라 씨 부부처럼 살고 싶고, 노년이 되었을 때 '님아 그 강을 건너지 마오'의 할아버지, 할머니처럼 늙어 가고 싶다.

줘라. 지금 내 옆에 있는 소중한 사람에게 주는 것이 행복하다면, 그것이 변하지 않는 사랑의 신호탄이 될 것이다.

"결혼은
부부에게 평생 기억된다.
감당이 가능한 선에서
가장 좋은 것으로 해라"
99

chapter

05

이제 혼자가 아닌
우리 '둘'

01

온실 속 화초와 캥거루

*

　　'온실 속의 화초'라는 말은 사람들이 흔히 사용하는 말이다. 온실 속의 화초는 너무 따듯하게 자라서 그런지 추운 겨울에 오랫동안 밖에 놓으면 죽는다고 한다. 우리나라가 핵가족화가 되면서 귀하게만 자라온 아이들이 참 많다. 물론 나도 그랬다. 그래서 독립하고 고생을 좀 했다. 이와 비슷한 경우로는 캥거루가 있다. 모습은 아주 귀여운 캥거루지만 캥거루는 동물 중 독립이 가장 느린 동물에 속한다는 것이다. 그래서 오랫동안 독립하지 못하고 부모의 도움을 받거나, 집에 얹혀사는 젊은이들은 '캥거루족'이라는 신조어를 탄생시켰다. 반대로 고슴도치는 독립이 가장 빠른 동물에 속한다. 태어나고 4주 안에 독립을 한다고 한다. '독립'이라는 것은 별것 아닌 것 같으나, 정말 중요하다. 사람도 동물도 독립을 한 후에 성장하게 되어있으니 말이다. 어설픈 독립이 아닌 '완전한 독립' 말이다.

"이번에 혼수는 어떻게?", "예단은 어떻게?", "결혼식장은?", "집은 준비되어 있지?"

결혼하기 전 커플들은 정말 많이 싸운다. 예전에 가전제품을 판매하는 일을 했었다. 혼수를 준비하는 신혼부부들을 정말 많이 만났다. 하면서 종종 보는 경우가 "저희 가전 계약한 거 취소해 주세요!"라고 문의가 들어오는 경우가 있다. 그러면 나는 "혹시 제가 또는 저의 상담이 맘에 들지 않았나요?"라고 물어보면 "아니요, 그게 아니라 결혼이 취소되었어요"라고 말하는 경우가 있다. 그런 상황에 내가 무슨 말을 더 하겠는 가? 모든 커플들이 그런다고 일반화하는 것은 아니지만, 저렇게 취소하고 가는 깨진 커플들을 보면 부모님께서 가전을 사주시는 경우가 생각보다 많다는 것이다. 그렇다. 내가 말하고자 하는 것은 '완전한 독립'이다. 제각기 사정은 다 있겠지만, 결혼에 있어서의 '독립'은 필수이다. 독립이 되어 있지 않은 결혼은 불화가 생길 수밖에 없다.

나와 아내는 결혼 1년 전부터 공동명의의 통장을 하나 개설했다. 거기에 둘이 정말 열심히 모았다. 우리가 서로 약속했기 때문이다. '결혼' 만큼은 양가의 도움 없이 우리 힘으로 해보자고 그래서 1년간 열심히 모았고, 결혼식과 신혼여행, 가구, 혼수 전부 준비할 수 있을 만큼 모았다. 양가 부모님께서 주신다고 했던 돈을 정중히 거절했다. 그랬더니 정말 신기하게도 결혼 준비를 할 동안 단 한 번도 싸울 일이 생기지 않았다. "오빠 나 식장은 이렇게 하고 싶고, 신혼여행은 제주도로 가고, 가구는 이렇게, 가전은 이렇게 하고 싶어" 어차피 우리가 모은 돈이고, 우리가 자유롭게 쓸 수 있는 것이기에 의견을 내는 것도 다른 영향을 일체 받지 않으며, 자유롭게 낼 수 있었다. "완전한 독립"이라는 인생 스킬을 터득해 버린 것이다.

나의 인생에서 내가 주인공이 되어 주체적으로 살아간다는 것은 아주 중요하다. 정신적으로든 경제적으로든 완전한 독립을 하지 못하면 자꾸 주변에 제약이 따른다. 나는 아직도 결혼을 잘하고 싶거든 '완전한 독립' 부터 하고 논하라고 말한다.

02

하루 빨리 고슴도치가 되어야 하는 이유

✳

"엄마 뱃속 주머니에서 벗어나지도 못하는 주제에"

언젠가는 그 주머니에서 나와 안식처도 구해야 하고, 하루 세끼 스스로 해결해야 할 때가 온다. 그 시기를 차일피일 미루는 '캥거루가 될 것인가, 빨리 세상에 나와 독립하는 고슴도치가 될 것인가' 는 본인의 선택에 달렸다. 모든 사람은 부모님의 품에서 벗어나고 순간부터 성장한다. 그리고 스스로를 돌볼 수 있는 힘이 생긴다. 본인도 돌보지 못하면서 다른 사람을 어떻게 돌보겠는가? 이것이 우리가 빠르게 독립하는 고슴도치가 되어야 하는 이유다.

나는 독립을 29살에 했다. 늦은 독립인 것이다. 지금은 더 빨리 독립했다면 내 삶은 어떻게 변해 있을까? 라는 생각을 하곤 한다. 독립하기 전엔 정말 편하게 살았다. 어머니는 식당을 운영하셨고, 나는 그 일을 도우며 20대를 보냈다. 일도 홀서빙, 가게청소가 전부였다. 모든 것은 어머니가 관리했다. 그리고 필요할 때면 아버지의 카드로 생활했다. 그래서 돈의 귀중함과 개념을 모르고 살았던 듯하다. 게임을 더 즐겁게 하기 위해 아버지 카드로 30만 원이 넘는 모니터를 쉽게 결제했다. 기름값 무서운 줄도 모르고 어머니가 사준 차로 여기저기 돌아다니며 드라이브를 한다. 그래도 그때는 나름 어머니 가게에서 일을 돕고 있으니 '사회생활을 간접적으로 체험하는 거야'라는 말도 안되는 생각을 했었다. '간접 체험이라는 것은 없었다.'라는 것을 독립하고 알았다. 집에서 나와 모은 돈으로 집을 구했고, 직장도 구해서 나왔다. 처음 나왔을 때는 자유도 생기고, 내가 알아서 살 수 있는 부분이 너무나도 좋았지만 그리 오래가지는 않았다. 몇 개월 지나니 집은 엉망이고, 음식을 할 줄 모르니 언제나 배달음식 아니면 라면이었다. 아버지의 카드로 인해 씀씀이가 커진 탓에 버는 돈보다 쓰는 돈이 더 많았다. 하루는 카드값과 월세 등등 나가고 나니 돈이 없어서 며칠을 퇴근하고 굶은 적도 있었고, 자동차의 세금과 벌금을 내지 않아서 어느 날 외출하려고 보니 차량의 번호판이 없어졌다. 택시비가 없어서 며칠을 못 찾아왔다. 그 때 느꼈다. "내가 세상을 너무 몰랐구나, 정말 편하게만 살았구나"라고 말이다. 더 열심히 일하기 시작했고, 소비를 조금씩 줄여 나가기 시작했다. 서서히 스스로를 돌보기 시작한 것이다. 그 이후 지금의 아내를 만났고, 아내는 내가 어른스러워서 좋다고 했다. 서로를 알아본 것일까? 나는 아내의 미모가 좋지만, 아내의 무기는 미모뿐만이 아니었다. 같이 생활해 보니 생활력도 강하고, 꼼꼼한 부분에 배울 점이 많다고 느꼈다. 그렇게 느낀 데는 이유가 있었다.

아내는 18살에 독립했다고 한다. 그때부터 혼자 자립하기 위해 편의점 알바부터 화장품가게 나레이터까지 해보지 않은 일이 없다고 했다. 컵라면 한 개로 3일을 버텨본 적도, 친한 친구에게 부탁해 집에 있는 김치랑 밥만 가져다 달라고 한 적도 있었다고 한다. 그래서 그런지는 모르겠지만 아내는 편식이 없다. 하루하루 나와 맛있는 저녁 식사를 할 수 있다는 것에 감사한다. 그리고 부지런하다. 오늘 부지런하지 않으면 내일 굶어야 하는 상황이었기에 몸에 습관이 베어든 것 같다.

덕분에 아내는 일 잘하는 직원으로 회사에서 인정받는다. 한 발 물러서서 상황을 볼 줄 알고, 때로는 나의 꿈에 관하여 조 언까지 해주니 나 또한 나의 아내를 인정한다. 그렇게 옆에서 서로를 응원하고 배워 나간다.

성인이 되면 시기가 각자 다를 뿐 누구나 독립을 한다. 아무 리 캥거루 같은 사람이라도 말이다. 만약 그 시기가 늦으면 늦을수록 본인에게 좋지 않다는 것을 알아야 한다. "어차피 맞을 매도 빨리 맞는 것이 낫다"라는 말처럼 하루빨리 부모님 의 품에서 나와 성장했으면 좋겠다.

03

'잘한 결혼'이란?

✳

"잘한 결혼식 말고, 잘한 결혼을 하세요."

좋은 집, 좋은 차, 넉넉한 통장 잔고, 좋은 예식장, 명품시계, 명품 주얼리, 명품가방 이게 뭐가 그렇게 중요한가? 하지 말라는 뜻이 아니다. 경제적 여건이 충분하다면 얼마든지 서로를 위해서 할 수 있는 것이다. 하지만 저것들이 없으면 잘한 결혼이 아닌가? 반대로 저것들을 다 하면 잘한 결혼인가? 정말 잘한 결혼은 뭘까? 결혼하기 전 예비부부들은 정말 많은 것을 고려한다. '신혼집은 전세인가? 자가인가?', '내 남편 될 사람의 연봉은?', '타고 다니는 차는?' 이런 것들 위주로 생각한다. 하지만 정작 앞서 나열한 것들을 따지느라 정말로 따져봐야 할 것은 못 본다. "이 사람이 나를 성장시켜 줄 수 있는 사람인가?"라는 생각은 안 한다. 사람은 결혼 후 30년 동안 성장한다고 한다. 그렇다면 정말로 따져야 하는 것은 '집', '차', '연봉'이 아니다. 그 사람의 '됨됨이', '언어', '인생관'을 정말 잘 따져봐야 한다. 내가 이 사람 옆에서 성장해야 하기 때문이다.

어디 가서 이야기하기 부끄러운 흑역사가 있다. 나는 어려서부터 결혼을 빨리하고 싶었다. 이유는 없었다. 그냥 결혼이 빨리하고 싶었다. 그래서 지금의 아내를 처음 만나기 전에 결혼 정보회사를 내 발로 찾아갔었다. 거기서 느낀 감정은 절망이었다. 그냥 숨고 싶었다. 나의 스펙을 듣고 직원이 말했다. "이 정도 스펙은 아마도 선호하시는 여자분들이 없을 것 같은데요?"라고 말하는 것이 아닌가? 그래서 '아니 나를 만나보지도 않고 그깟 종이 쪼가리 하나로 사람을 판단한다고?'라는 생각이 들었다. 마치 대기업 면접을 보는 것 같은 기분이 들었다. 대부분의 여자들의 선호 남성상은 이러했다. '키 175cm 이상', '연봉 7000만 원 이상', '위험직업군은 안 됨', 등등 '성격'이나, '인생관' 등을 적어놓은 사람은 단 한

명도 없었다. 못난 나도 자존심은 있었기에 "물론 지금은 그렇겠죠, 근데 5년 뒤에도 제 스펙이 저렇진 않을 겁니다."라고 자신 있게 말했다. 직원은 피식 웃으며, "그럼 5년 뒤에 다시 오세요"라고 말했다. 순간 부끄러워 그 자리에 있을 수 없었다. 도망치듯 그곳을 빠져나왔다. 지금 생각해 보면 무슨 용기였는지 모르겠다. 생각할수록 웃기고, 부끄러운 일이 아닐 수 없다. 약간은 씁쓸한 마음도 있었다. '많은 사람들이 것 모습만을 보고 판단하는구나'를 강하게 느꼈다. 그 이후 나의 결혼 생각은 잠시 접어두게 되었다. 접어 둔 결혼 생각을 다시 일깨워 준 사람이 나의 아내이다. 평소에 나에게 아내는 이런 말을 많이 했다. "오빠가 하고 싶은 일, 꿈꾸는 일을 했으면 좋겠어! 오빠가 한 살이라도 젊을 때"라고 말이다. 하지만 나는 그냥 나 듣기 좋으라고 하는 말인 줄 알았다. 한 번은 결혼을 앞두고 같이 술 한잔하고 있는데 아내가 문득 진지한 이야기를 시작했다.

아내 : 오빠! 어렸을 때 꿈은 뭐였어?

나 : 한문 선생님, 어렸을 때 아빠가 쓰는 한문이 그렇게

멋있더라.

아내 : 근데 왜 안 했어?

나 : 중요한건 공부를 못했어, 안 했지, 놀았지.

아내 : 지금도 똑같아?

나 : 아니, 지금은 아니야 지금은 그냥 너랑 결혼하는 것만으로도 감사해.

아내 : 나도 그래, 근데 내가 물어본 취지는 그게 아니야! 하고 싶은 것이 있냐고.

나 : 근데 갑자기 왜?

아내 : 나는 딱히 없는데, 오빠는 있나 궁금해서

나 : 지금은 우리 결혼 잘하는 거! 그게 먼저지!

아내 : 난 사실 우리가 영원히 이 회사를 다닐 수 있을지 모르겠다는 생각이 문득 들었어.

나 : 그건 나도 그래. 그래서 항상 고민 중이야.

아내 : 어떤 도전이든 해도 좋아! 근데 혹시나 그 일이 잘 안됐을 때, 나는 오빠가 잘 안 되었다는 사실은 감수할 수 있어! 언제든 잘할 사람이니까 근데 혹시 절망에 빠져 있는 시간이 오래가면 나는 오빠 옆에 있기 힘들 것 같아. 내

가 사랑하는 사람의 모습이 힘들 때 웃고, 이겨내는 사람

이었으면 좋겠어.

나 : 그렇게 말해줘서 고마워, 같이 진지하게 생각해 보자.

이런 대화를 나눈 뒤 우리는 얼마 후에 결혼했다. "나는 정말 결혼 잘했구나"라고 느낀 계기가 있었다. 아내와 결혼 한지 1년 정도 지났을 때의 일이다. 한 순간의 욕심으로 투자를 잘 못해서 나락으로 빠졌다. 나는 절망에 빠졌다. 매 순간이 부정적이었다. 그런 아내는 나를 북돋아 주었고, 용기를 주었다. 문득 연애 때 아내가 나에게 했던 말이 떠올랐다. 그래서 내가 먼저 아내에게 "오늘 술 한잔 찐하게 마시자! 마시고, 다 털고 다시 일어날게!"라고 말했다. 아내는 아주 만족한 듯 미소를 지으며, "그래 부정적인 마음은 오래 가지고 가지 마!"라고 말하며 저녁내 둘의 술잔을 채웠다. 내가 '결혼을 정말 잘했다' 라고 느낀 것은 단지 이것뿐 만이 아니었다. 그 당시 나의 통장에 꼴랑 300만 원이 있었다. 나는 이 돈을 고생하는 아내에게 어떤 선물이라도 사주고 싶었다. "여보 저번에 이 가방 예쁘다고 했었잖아? 그거 우리 다음 휴무 때 사러 가

자!"라고 말했다. 순간 기뻐하는 얼굴도 잠시 아내는 "오빠! 저번에 글쓰기 강의 듣고 싶다고 했잖아, 내 가방은 다음에 오빠 잘되면 더 좋은 것으로 사줘! 그리고 그 가방 사려고 했던 돈으로 그 수업 들어!"라고 말했다. 순간 아내에게 후광이 보였다. 첫눈에 반한 것이 첫 번째 후광이고, 이번이 두 번째 후광이었다. 긍정적인 마음을 가지면 좋은 일만 생기는 것일까? 글 쓰기 수업에서 나는 아주 좋은 스승을 만났고, 현재 이렇게 책을 쓰고 있다. 아내도 분명 갖고 싶었을 것이다. '가방'을 말이다. 하지만 아내에게는 가방보다 나의 성장이 먼저였다. 모든 것에는 순서가 있다고 하는데 아내는 그것을 알고 있었던 것 같다.

나와 아내의 이야기를 들은 친구들은 "로준아 너 결혼 정말 잘했다"라고 말한다. 물론 지금 나의 주머니 사정은 통장이 아니라 '텅장'이다. 하지만 마음만큼은 그 누구보다 부유하며, 행복한 미래를 그린다. 인생이 단번에 바뀔 리 없다. 그랬다면 로또를 샀을 것이다. 내 옆에서 이렇게 응원해 주고 나를 성장시켜주는 힘이 있는 나의 아내가 나에게는 '로또'다.

04

마음에 드는 사람과
지금 꼭 해봐야 하는 것!

✳

"두드렸니? 돌다리"

　　애인을 만나다 보면 '이 사람과 평생 함께하고 싶다.'라는 생각이 들 때가 있다. 그런 생각이 들면 다음의 절차를 밟아 나간다. '프러포즈 → 상견례 → 식장예약 → 결혼' 이것이 통상적인 순서이다. 이런 사람들에게 물어보고 싶다. "혹시 돌다리는 두드려 봤니?"라고 말이다. 사람들은 밖에서의 모습과 집에서의 모습이 조금씩은 다르다. 그리고 집에서의 모습이 진짜 모습이다. 그 모습을 확인하는 것은 '돌다리'를 두드리는 것과 같다. 가장 효율적인 방법은 단 6개월이라도 '동거'를 해보라는 것이다. 나의 평생 반려자로 선택한 만큼 확인은 확실히 할수록 좋다. 아무리 좋은 말로 포장해 봐도 '결혼'은 현실이 반영되기 때문에 나를 위해서 하라는 것이다.

나의 오랜 친구가 5년의 공백기를 끝으로 연애를 시작했다. 우리 친구들은 진심으로 축하해 줬고, 그렇게 이쁜 사랑을 이어가던 중 3개월 만에 청첩장을 돌리는 것이었다. 물론 축하해 주어야 할 일이었지만 친구들과 나는 걱정이 앞섰다.

나 : 아무리 급해도 3개월이면 너무 짧은 거 아니냐?

친구 : 마음이 맞고, 결심이 들었을 때 해버릴라고.

나 : 3개월 만나놓고 무슨 마음이 맞고 결심이 서?

친구 : 좋은 소식에 그냥 축하 줘라.

나 : 물론 축하는 당연히 하지. 근데 결혼은 연애하고 달라. 단순히 끓어오르는 마음으로 되는 게 아니라고! 3개월이라도 동거를 해보는 것은 어때?

친구 : 몰라! 이미 청첩장까지 나온 마당에 뭔...

나 : 그래. 네 뜻이 그러니 더 이상 말하지 않을게! 아무튼 축하한다!

그렇게 친구는 결혼식을 올렸고, 우리 친구들은 진심으로 축하해 줬다. 그리고 한동안 잘 살고 있는 듯했지만 예상은 빗나갔다. 그 친구와 마지막으로 연락 한지 4개월 만에 다시 연락이 왔다. "술 먹자"라고 말하는 친구의 목소리가 좋지 않았다. 친구를 만나 걱정을 한가득 안고 친구에게 질문을 시작했다.

나 : 무슨 일인데?

친구 : 와... 진짜 안 맞아.

나 : 뭐가?

친구 : 어떻게 사람이 하나부터 열까지 이렇게도 맞지 않을 수가 있지? 나랑 아내 말이야.

나 : 싸웠어? 뭐 때문에?

친구 : 살아보니까 그냥 다 안 맞아. 그러다 보니까 더 싸우는 것 같고.

나 : 그러니까 내가 그때 신중하게 생각하라고 했잖아. 동거라도 해보라고 했는데.

친구 : 그러게. 이럴 때 보면 동거가 꼭 나쁜 것은 아닌 것 같아.

그렇게 대화를 나눈 뒤 친구는 1년도 못 가서 각자의 갈 길을 갔다. 이혼의 사유는 '성격차이'였다. 말 그대로 그 성격을 미리 알 수 있었다면 결혼하지 않았을 것이다. 이것이 바로 동거를 추천하는 이유이다. 나도 아내와 1년이 넘는 시간 동안 동거를 했다. 동거를 하는 동안 우리는 서로의 식습관과 잠버릇은 물론 사소한 것 하나까지 4계절이 두 번 가까이 바뀌는 동안 확인했고, 2년째 되던 날 결혼했다. 나와 아내는 조금은 다르지만 동거하며 맞춰간 부분도 있고, 다행스럽게도 어느 정도 잘 맞는 부분도 있었다. 하지만 친구의 경우는 다르다. 하나부터 열까지 달랐다. 물론 사귀면서 알아갈 수 있는 부분도 있었겠지만 같이 살아보지 않았다면 분명히 모르고 결혼을 했다는 이야기가 된다.

이후로도 나는 주변에 동거의 필요성을 이야기하며 지속적으로 추천했다. 하지만 사람들은 이렇게 말한다. "그러다 헤어지면 손해 아니야?"라고 말이다. 그럼 나는 이렇게 답한다. "과연 동거하다가 헤어지는 것이 이혼보다 손해일까?"라고 말이다.

05

울어야 성공하는 유일한 날

*

"각인"

       멋지게 차려입은 남자가 한쪽 무릎을 꿇고 누군가를 아주 느끼하게 올려다본다. 45도 각도의 시선 끝엔 수줍게 입을 가린 그녀는 웃고 있고, 그런 여자에게 남자는 반짝이는 반지를 그녀의 왼손 4번째 손가락에 천천히 끼워준다. "나랑 결혼해 줄래?"라는 물음과 함께 말이다. 우리는 이것을 '프러포즈'라고 부른다. 이 순간은 남자도 여자도 평생 잊을 수 없는 기억이다. 마치 인생에 지울 수 없는 '각인'을 새기는 것처럼 말이다. 그렇기에 결혼 적령기의 짝이 있는 여성들은 이 순간을 기대하며 기다리며, 남자들은 "어떻게 하면 멋지게 프러포즈 할 수 있을까?"라며 고민한다. 하지만 모든 프러포즈가 드라마 같이 멋지기만 한 것은 아니다. 프러포즈를 하는 방식도 너무 많다. 촛불, 스케치북, 멋진 호텔 라운지, 이벤트 업체 섭외 등등 너무 많다. 그리고 받을 사람이 어떤 프러포즈를 꿈꾸는지를 알 방법이 없기에 준비하는 사람은 머리가 아플 수밖에 없다. 그렇다고 센스 없게 "내가 프러포즈를 어떻게 해줬으면 좋겠어?"라고 물어볼 수는 없으니 말이다. 어려서 아주 재미있게 본 시트콤이 있었다. '지붕 뚫고 하이킥' 이라는 드라마였다. 하루는 이순재 배우님께서 '러브 라인' 으로 나오는 김자옥 배우님께 이벤트를 하는 장면이었다. 야외에 멋진 세트장과 폭죽 등 온갖 호화로운 장비와 소품을 더해 멋진 이벤트를 준비한 것이다. 그중 가장 큰 이벤트는 이순재님의 세레나데였다. 하지만 문제는 거기서 시작된다. 하필이면 고른 노래가 난이도 극악이라 불리는 부활의 'Never ending story' 라는 곡이었다. 멋지게 부르다 그만 혈압이 올라 쓰러지는 모습이 나왔다. 정말 완벽해 보이는 이벤트였으나, 곡 선정을 잘못한 나머지 마지막이 흐지부지한 이벤트가 되었다. 프러포즈 이벤트에는 변수가 너무 많다. 어설프게 해서는 안 하니만도 못한 결과가 나와버리는 것이다.

나도 아내에게 평생 잊을 수 없는 프러포즈를 하고 싶었다. "뭐가 있을까? 뻔하지 않은 오로지 아내만을 위한 프러포즈가?"라는 생각으로 3개월을 보냈다. 아무리 생각해도 떠오르지 않았다. 아내가 내심 프러포즈를 기대하는 눈치였고, 나는 마음이 급해졌다. 어느 날 나의 무릎을 탁! 치게 만드는 생각이 떠올랐다. "그래! 세상에 딱 하나뿐인 노래를 만들자!" 아내는 나와 노래방 가는 것을 아주 좋아한다. 아내가 노래를 부르는 것도 좋아하지만 둘이 노래방을 가면 주로 나의 노래를 듣는다. "나는 오빠가 노래 부를 때 정말 멋있어!"라며 나의 노래를 듣는 아내의 눈을 보면 하트가 만개한다. 이런 아내에게 프러포즈로 노래를 부르는 것을 생각은 했었지만, 작곡을 할 생각은 하지 못했었는데 갑자기 떠올라 버린 것이다. 당장 이벤트 회사에 전화했다. 비용과 간단한 안내사항을 듣고 바로 미팅을 가졌다. 야근을 한다고 아내에게 거짓말했다. 아내에게 처음 해보는 거짓말이다. 하지만 꼭 필요한 거짓말이었다. 그렇게 녹음을 하고 그것을 뮤직비디오로 만들었다. 이벤트업체에 연락해서 뮤직비디오를 재생할 수 있는 공간을 섭외했다. 이제 날짜만 정하면 되었다. 아내에게 아무 일도 없는 듯 보여야 했기에 무심한 듯 말했다. "오늘 저녁에 드라이브하고 올까?"라고 말했다. 그렇게 긴장한 채 아내와 섭외한 공간에 갔다. 멋지게 켜져 있는 촛불과 흩날리는 꽃들 분위기 있는 조명 모든 것이 완벽했다. 하지만 내가 바라는 것은 딱 하나였다. 아내가 우는 모습을 보고 싶었다. '프러포즈의 성공=아내의 눈물'이라고 생각했던 것 같다. 그렇게 내가 부르고, 찍은 뮤직비디오가 흘러나왔고 아내는 눈물을 흘렸다. 나의 판단은 '성공'이었다. 울고 있는 아내 앞으로 가서 한쪽 무릎을 꿇고 내가 준비한 말을 했다. "하경아 나랑 결혼해 줘. 평생 행복하게만 할 순 없을 수도 있지만, 나랑 결혼한 것을 후회하게 만들지는 않을게. 그리고 여자들이 부러워하는 여자로 만들어 줄게"라고 말했다. 그리고 울먹이는 목소리고 "오빠 고마워, 이런 프러포즈는 언제 준비했어?"라고 아내가 말했다. 나는 날아갈 듯 기뻤다. '세상을 다 가졌다.'라는 말이 가슴속에 와닿았다. 그렇게 우리는 정식으로 결혼을 약속한 '예비부부'가 되었고, 각자의 인생에 지울 수 없는 각인을 새겼다.

김낙춘

통합　**VIEW**　이미지　지식iN　인플루언/　· · ·

김낙춘

Nackchun Kim ｜ 음악인

 프로필 ｜ 작품활동

프로필　→

분야	가요
작품	앨범, 곡

정보제공 VIBE 2021.07.03. ⓘ

앨범　곡　→

오늘도 내일도

김낙춘
2021.07.03

06

어서 와! 결혼준비는 처음이지?

✳

"본 게임 시작!!"

결혼 준비는 남녀를 막론하고 설레게 한다. 하지만 설렜던 마음도 잠시 다량의 숙제들이 기다리고 있다. 우선 둘만의 보금자리인 집이 필요할 것이다. 그 집에 넣을 가전제품이나 가구들까지 준비가 되면, 다음부터가 진짜다. 예식장과 스드메 결정, 결혼반지 및 예물 선택, 신혼여행지 결정과 예약, 청첩장 준비, 신랑 예복, 상견례, 만약 피로연을 한다면 피로연 장소 파악 후 예약, 폐백 또한 한다면 알아봐야 할 것이다. 이 모든 것을 짧게는 6개월 길게는 1년 동안 준비하게된다. 준비하는 과정이 순탄하지 않기에 커플 간의 싸움도 빈번히 발생한다. 일전에 가전제품 상담사 일을 한 적이 있었다. 주로 혼수나 이사를 보러 오는 손님들을 상대하는 일이었다. 어느 예쁘고, 멋진 커플이 "혼수 좀 보려고요"라며 매장에 들어와서 상담을 했다. TV부터 냉장고, 김치냉장고, 세탁기, 건조기, 의류관리기, 식기세척기, 공기청정기 등등 다양한 제품을 선택했다. 손님을 자리에 앉히고 이야기를 시작했다. 어떤 제품을 추가하고, 사양을 낮추고, 가격은 어떻게 설정할 것이며 하는 이야기였다. "나는 TV는 큰 거 하고 싶어"라고 남자가 말했다. "65인치면 크지 않아? 너무 과소비야!"라며 여자가 말했다. 이 이후에 싸움이 벌어진 것이다. 처음에는 화기애애하던 분위기가 점차 언성이 높아졌다.

남자 : 그럼 별로 필요 없는 의류관리기 빼면 되겠네!

여자 : 나는 블라우스 자주 입으니까 있어야 된다니까!

남자 : 나는 집에 오면 TV 보는 게 낙인데 큰 걸로 사자!

여자 : 굳이 그렇게 까지 큰 게 필요하지 않은데 왜 그래?

남자 : 필요한지 안 필요한지를 왜 네가 정해?

여자 : 그럼 누가 정해?

남자 : 어차피 한번 사면 10년은 쓸 건데 그동안은 마음에

안 들어도 못 바꾸잖아! 그니까 살 때 좀 좋은 걸로 사자고.

여자 : 아 몰라! 맘대로해!

두 사람은 양보가 없었다. "토크포지션"이 안된 것이다. 나의
TV를 위해 너의 의류관리기를 빼라는 말을 한 것은 큰 실수
였다. 또한 남자가 TV를 사고 싶다고 했을 때, 굳이 저렇게
말할 필요가 있었을까? 나는 겉으로는 웃고 있었지만 '아...
나 이거 꼭 팔아야 하는데 왜 싸우고 난리야' 라며 속으로는
육두문자를 날리고 있었다. 그 계약이 제대로 성사될 리가 없
었다. 이미 분위기가 망가졌기 때문에 반 포기 상태였다. 그
런데 그 순간 "TV 75인치로 해주시고, 의류관리기까지 넣어
서 계약합시다"라고 남자가 말했다. 그렇게 껄끄럽게 계약을
마치고, 매장 앞에 나와 배웅인사까지 했다. 나가면서 까지도
남자와 여자는 서로 크고 작은 말다툼의 연속이었다. 아무래
도 느낌이 불안했다. 안 좋은 예감은 항상 빗나가지 않는 걸
까? 3일 뒤에 전화가 왔다. "사장님 죄송한데 아무래도 가전
취소해야 할 것 같습니다."라고 남자가 말했다. "혹시 두 분
대화가 잘 안 풀렸나요?"라고 물었다. "파혼할 수도 있을 것

같네요, 열심히 상담해 주셨는데 죄송합니다."라고 했다. 어쩔 수 없이 취소를 해줬다. 저렇게 말하면 대부분의 상담사들은 저 말을 믿지 않는다. '다른 곳에서 했을 것이다' 라고 생각한다. 상담을 해주면 대부분 고객들의 번호를 받아서 저장을 하니 카톡 프로필도 자동으로 친구추가가 된다. 계약할 당시 예쁜 커플 사진들을 모두 내린 상태였고, 상태 메시지에 '끝' 이라고 적혀 있었다. '가전제품 말고도 여러 가지를 신경쓰면서 싸움이 더 커졌겠구나' 라고 생각하며 잊어버렸다. 방금 말했던 커플 말고도 결혼을 준비하는 과정에서 헤어지는 커플들이 생각보다 많다. 결혼을 준비하는 과정에서는 함께하기 위한 '새로운 시작의 준비단계' 이기 때문에 서로가 조율이 필요하다. 30년을 다른 세상을 보며 살아온 커플이 잘 맞는다는 것은 흔치 않다. 다른 부분이 있다는 것은 당연한 일이다. 하나를 얻었으면 하나를 양보하는 마음이 필요한 것이다.

나와 아내는 결혼을 약속한 후 1년 뒤에 결혼했다. 1년 동안 통장을 하나 개설해서 같이 같은 금액의 저금을 했다. 결혼을 준비하는 과정은 그 돈으로 해결하기로 했다. 앞서 말했던 커플처럼 가전을 샀다. 아내는 TV를 무척이나 좋아한다. 그래서 TV의 결정권은 아내에게 줬다.

> 나 : 여보! TV는 여보가 사고 싶은 모델로 사!
>
> 아내 : 정말? 그래도 돼?!
>
> 나 : 대신 나 의류관리기 갖고 싶어.
>
> 아내 : 그래요! 그렇게 하자 오빠가 TV결정권을 나한테 줬으니까, 나도 OK!!

앞의 대화와는 많이 다르지 않은가? 나는 나에게 필요한 것을 먼저 이야기하지 않았다. 아내에게 필요한 것을 먼저 배려한 것이다. 그러니 아내 입장에서도 먼저 배려를 해줬기 때문에 나의 말을 기쁘게 들을 수 있었다. 우리는 정말 쉽게 가전구매를 마쳤다. 나머지 준비과정 또한 마찬가지이다. 서로 '한 걸음'의 양보가 없다면, 결혼식을 하는 날까지 싸워야 할 것이다. 아니, 결혼을 못 할 수도 있다는 것을 명심하길 바란다.

결혼을 했다고 하더라도 안심할 수는 없다. 앞서 말했던 서로를 배려하고, 먼저 생각해 주는 마음은 결혼을 하고 나서도 가장 중요한 '마인드'다. 어쩌면 결혼식을 준비하는 과정 자체가 예행연습이 아닐까?

07

'스드메'는 신부에게 최대한 맞춰줄 것

✳

"결혼은 부부에게 평생 기억된다. 감당이 가능한 선에서 가장 좋은 것으로 해라"

기대에 찬 한 남자가 커튼을 바라보고 있다. "신부님 준비 됐어요. 커튼 걷을게요!" 커튼이 걷히고, 하얀 드레스를 입은 신부가 모습을 드러냈다. 남자는 이내 침을 한 방울 '뚝!' 하고 흘린다. 신부는 그 모습이 만족스러운지 살며시 예쁜 얼굴을 하며 수줍어한다. 예비신부의 처음 드레스 입은 모습을 본다면 평소의 리액션에 2배 정도는 오버해줘야 한다. "왜?"라고 물어본다면 묻지도 따지지도 말고 그냥 그렇게 해라. 예비신부에게는 한편의 소중한 기억이 될 테니 말이다. 아내가 드레스를 결정하는 날 엄청 설 ㄹ ㅔ ㅆ 다. 대략 6벌

정도 입어 본 것 같다. 말은 6벌이지만 입는 시간이 엄청 오래 걸렸던 것 같다. 이 시간을 절대 지루해해서는 안된다. 이때 지루한 모습을 보였다가는 아내의 '극대노'를 볼 수 있을 것이다. 입고 나오는 한 벌 한 벌 리액션에 강도를 최대치로 끌어올렸다. 물론 최고 예뻤지만 말이다. 드레스의 종류는 여러 가지가 있는데, 일단 샵에서 기본으로 제공하는 기본형이 있고, 점차 단계가 올라간다. 당연히 올라갈수록 비용은 늘어난다. 그러니 맨 마지막에 입어보는 드레스가 아마 가장 가격이 고가일 것이다. 당황해서는 안된다. 아마도 신부는 마지막의 옷을 고를 가능성이 가장 크다. 제일 고가이니 당연히 제일 화려하다. 아내에게 '가장 입고 싶은 것'으로 입으라고 했다. 아내는 두 번 이상 거절을 하지 않았다. 혹시나 내가 말을 바꿀 것을 염려했던 것일까? 바꿀 생각은 없었다. 인생에 한 번뿐인 결혼이고, 신부가 맘에 들어하는 옷을 입고 식을 올릴 것이며, 식이 끝나고 사진을 찍었을 때 그 옷이 평생 기억에 남을 것이기 때문이다. 만약 드레스를 신부 마음에 들지 않는 것으로 했다면, 10년 이상을 결혼식 얘기만 나오면 들어야 할 것이다. 결국 나는 아내가 입고 싶어 하는 드레스로 선택했다. 물론 비용은 들어갔지만 말이다. 아내의 친구들은 이야기한다. "다른 건 몰라도 너 결혼식 때 드레스 정말 예뻤어"라고 말하면 아내도 나도 기분이 좋다. 그리고 가장 예뻤던 아내의 모습이 담긴 사진을 집에 걸어놓고 행복한 일상을 그려나가고 있다.

드레스와 더불어 예비신부에게 꼭 맞춰주어야 할 것이 하나 더 있다. 결혼식을 준비하는 커플에게 꼭 있는 '웨딩촬영'이다. 예쁘게 나온 사진을 보면 그날의 고통을 잊게 만들지만 찍을 당시에는 아주아주 고역이다. 특히 예비신부에게는 더욱 말이다. 일단 예비신부는 드레스를 입어야 한다. 최대한 이쁘게 나오기 위해서 드레스를 쪼일 만큼 쪼여서 입힌다. 더구나 한번 입으면 화장실 가기도 어렵다. 만약 찍는 시기가 여름이라면 상상도 하기 싫을 것이다. 옆에서 잘 챙겨줘야 한다. '지는 편하게 입고 찍고 있으면서'라는 생각이 들지 않게 말이다. 예비신부 힘들까 봐 화장실 엄청나게 가고 싶어지는 '아이스 아메리카노'를 챙겨주는 바보는 없길 바란다. 그렇게 짧게는 6시간 길게는 10시간이 넘어가는 고된 촬영이 끝

났다고 마음을 내려놓긴 이르다. 더 큰 결정에 시간이 남아있다. 웨딩촬영은 대략 800장에서 1500장 정도의 사진을 찍는다. 사진을 다 찍고 며칠이 지나면 "신부님, 신랑님 이제 사진 고르러 오실게요"라고 연락이 온다. 이제부터가 진짜다. 1500장의 사진 중 앨범으로 들어갈 사진 대략 20~30장을 골라야 하기 때문에 곤욕인 것이다. '원본을 받으면 되잖아' 라고 생각할 수 있다. 당연히 받으면 된다. 하지만 원본을 받는 것과 앨범에 들어갈 사진을 고르는 것은 다르다. 결정의 늪에 빠지게 된다. "오빠 너무 어려워 이 많은 사진 중에 20장만 골라야 하나?" 그럼 옆에 있던 작가님이 조심스레 말을 한다. "사진 추가 하실 수 있어요!"라고 말이다. 그렇다. 모든 것은 상술이다. 그것을 알고 있음에도 불구하고 예비신부는 예비신랑을 바라보며 "10장만 추가할까?"라고 말한다. 나와 아내도 그랬다. 똑같은 상황이 펼쳐졌을 때 '아 그래서 예비신랑이랑 꼭 같이 와서 고르라고 했구나? 똑똑한 것들!!' 이라고 생각을 했다. 지켜주고 싶었다. 우리 둘의 사진을 앨범에 더 많이 담고 싶어 하는 아내의 마음을 말이다. 그리고 나도 우리의 앨범에 한 장이라도 더 담고 싶었다. 지금도 아내와 가끔 맥주를 마시며 앨범을 본다. "지금 와서 하는 얘기지만 그때 사진 추가하길 정말 잘했어 그렇지?!"

지구에서 가장 아름다운 섬을 선정하면 항상 등장하는 몰디브라는 섬이 있다. 이 섬은 '죽기 전에 꼭 가봐야 하는 관광지'라고 한다. 지구온난화의 이유로 몇 십 년 후에는 못 볼지도 모르는 섬이기 때문이다. 그래서 그런지 여행비용, 항공편 등이 계속 오른다. 조금이라도 여유가 된다면 나도 아내와 당장 가고 싶은 여행지이다. 만약 가보기 전에 없어진 다면 후회할 것이다. "무리해서라도 가볼걸"이라고 말이다. 앞서 말했던 '드레스'와 '웨딩사진' 또한 같은 이치라고 생각한다. "그때 맘에 드는 것으로 입을걸", "앨범에 사진 몇 장 더 담을걸"이라는 후회는 하지 않길 바라는 마음이다.

08

아낀다고 빼지 말고 꼭 해야 하는 것!

✳

　　얼마 전 '다이렉트 결혼준비' 라는 카페에 '결혼식 DVD 한다 vs 안 한다' 라는 제목으로 글이 올라왔다. 올라온 글의 댓글 창의 반응은 뜨거웠다. "저는 돈 아끼려고 안 했는데 너무 후회돼요", "저는 있으면 좋을 것 같아서 했어요." 등등 많은 사람들이 저마다의 후기를 적었다. 영상은 짧게 8분에서 길게는 15분짜리 하이라이트 영상과 본식 전체 영상으로 두 가지의 영상을 만들어준다. 'DVD영상' 은 하면 좋은 것이 아니라, 꼭 해야 하는 이유가 있다. 결혼식 당일에 식이 시작할 때까지 신부는 대기실에서 하객을 맞이한다. 밖에 상황을 모르는 것이다. 그 밖의 상황이 궁금할 것이다. 영상은 이것을 담아주기 때문에 신부 또한 밖의 상황을 영상으로나마 확인할 수 있는 유일한 자료인 것이다.

나와 아내는 처음에는 엄청 고민했었다. "여보! 이걸 꼭 해야 할까?", "그러게 버리자니 아쉽고, 하자니 비용이 좀 비싸긴 하네." 어떤 선택이 정답일지 몰라 갈팡질팡 하던 우리는 "오빠 그래도 사진과 함께 영상도 남기면 좋지 않을까?"라는 아내의 말에 "그러자! 인생 뭐 있어? 질러버려!!"라고 말하며, 가장 비싼 것으로 했다. "여보! 어차피 할 거면 좋을 걸로 하자! 내가 더 열심히 돈 벌게!"라고 말하며 웃었다. '기대하지 않은 선물'이 가장 크다고 할까? 식이 끝나고 한 달이 넘어서야 영상을 받은 우리는 깜짝 놀랐다. 결과는 아내가 그것을 보며 울었다. '어떤 이벤트라도 여자가 울면 그 이벤트는 성공한 것이다' 라는 말이 생각났다. 한 달밖에 지나지 않았지만 그때의 추억이 다시 돋아났다. 한참을 울던 아내가 입을 열었다. "예식이 시작하기 전에 바깥 상황이 저랬구나?" 그 말을 들은 나는 심장을 쓸어내렸다. 만약 돈이 아까워 영상을 하지 않았다면 아내는 평생 바깥 상황을 몰랐을 것이다. 그 영상을 보며 "아이구 우리 엄마 긴장했네, 오빠는 표정이 혼이 나가 있는데?"라며, 나를 놀렸다. 그날도 우리는 영상을 보며 화기애애했다.

그리고 현재까지도 '결혼기념일'이나 우리 둘만의 경사가 있는 날에는 거실 불을 모두 꺼놓고 영상을 본다. "아들일지 딸일지 모르겠지만 나중에 아이들이 커서 이 영상 보면, 또 다른 느낌이겠다."라며 아직 오지 않은 미래를 그리고 있다.

또 하나의 '기대하지 않은 선물'이 있다. "신혼여행 스냅촬영"이었다. 아내와 나는 제주도로 신혼여행을 갔다. 아내는 발리에 가고 싶어 했지만, '코로나19'로 인하여 선택권이 제주도밖에 없었다. 아내는 결의에 찬 표정으로 나에게 말했다.

> 아내 : 결심했어! 어차피 발리도 못 가는 거, 나 꼭 하고 싶은 거 있어!
> 나 : 뭔지 모르겠지만, 긴장되는디?
> 아내 : 일단 오빠 들어 봐봐, 결혼하면 웨딩촬영은 필수야 아니야? 그렇지. 필수지!
> 나 : 혼자 북 치고 장구치고 하네? 나 아직 대답 안 했는데?
> 아내 : 들어봐.!
> 나 : 예이~~~ 아까부터 듣고 있었습죠.

아내 : 우리 신혼여행도 사진으로 남기고 싶어. 그래서 스냅촬영 예약했어.

나 : 아~ 애초에 나의 결정권은 없었구먼!! 근데 잘했어!

"일생에 한번뿐인 신혼여행인데 기록해 두면 좋지!"라고 생각했던 것이 나의 실수였다. 그때 말렸어야 했다. 제주 동쪽에 위치한 '사려니숲길'과 '김녕 해수욕장'에서 촬영했다. 점심을 먹고 오후 2시부터 7시까지 5시간을 촬영하는 것이 아닌가. 힘들기도 하고 5박 6일 중에 하루를 촬영만 하니, 뭔가 아까웠다. 아내도 지치고, 나도 지쳤다. 여기서 '킬링포인트'는 4월은 따뜻한 날씨기에 두껍지 않은 옷을 챙겨 갔는데, 그날 저녁 날씨가 쌀쌀했다. 떨면서 촬영했다. 촬영이 끝나고 우리 둘은 녹초가 되었다. 아무것도 못하고 숙소로 들어가는 길에 아내가 입을 열었다. "오빠 미안해, 이렇게 힘든 것인 줄 몰랐어."라고 사과했다. "아니야! 힘들었지만 좋은 경험이었어. 우리 사진 잘 나오기만 바라면 돼"라고 아내를 달래며, 숙소에서 포장해 온 횟감에 술 한잔하며 이야기를 나누다 잠들었다. 신혼여행을 마치고 집에 온 지 얼마의 시간이 흘렀을까? 일상으로 복귀하여 지내던 중 아내에게 전화가 왔다. "오빠 우리 신혼여행 가서 찍은 사진 나왔어!! 근데 생각보다 잘 나왔는데?"라고 말하며, 사진을 보내줬다. 기대 이상이었다. 물론 사진 찍는 것을 아내가 좋아해 우리가 갔던 곳마다 '셀카봉'과 '삼각대'를 가지고 다녔다. 우리는 여러 장의 인생사진을 건졌다. "우리 그때 진짜 힘들게 찍었는데 찍은 보람이 있다." 아내는 "사실 찍을 때 집에 가고 싶었어, 근데 사진 보니까 찍길 잘했네! 오늘 기분 좋으니까 우리 오늘 치킨에 소맥 먹자!" 역시나 마무리는 술이었다. 그날도 우리 부부는 사진을 보며 우리 신혼여행에 대해 또 얘기하며, 치킨에 소맥으로 하루를 마무리했다.

남자들은 어린 시절에 재밌게 했던 게임 BGM을 들으면 추억에 잠긴다. 그 게임이 그리워서가 아니다. 그 게임을 하던 순수했던 자신의 모습이 향수처럼 떠올라서다. 여자들은 재밌게 봤던 드라마 OST를 들으면 그때의 장면이 생각나서 추억에 잠긴다. 드라마가 재밌어서겠지만 그 드라마를 보며 감동했던 나의 감정이 생각나서인 경우가 크다. 내 인생에 그런 소중한 기억과 감정 하나쯤은 더 가져도 되지 않을까?

09

결혼 전 맞이하는 마지막 '큰 산'

✳

"우리는 인연이 아닌 것 같다", "헤어지자"

결혼 이야기가 오고 갔던 커플이 서로 등을 보였다. 결혼하고 나서도 이혼을 하는 커플들이 많지만, 결혼 준비라는 벽을 넘지 못하는 커플도 아주 많다. 결혼 준비 과정에는 예식장, 스드메(스튜디오, 드레스, 메이크업), 예복 및 예물, 신혼여행이 있다. 이것을 준비하는 과정에서도 의견 다툼이 있지만, 정말 의견 다툼이 많이 일어나는 과정은 바로 '상견례'이다. 실제로도 이때 이별을 많이 한다. 주변에서도 상견례하고 파혼하는 경우를 자주 봤다. 이유가 무엇일까? 결혼을 준비하는 모든 과정은 신랑이 될 남자와 신부가 될 여자가 의논하여 결정을 한다. 하지만 상견례는 남자와 여자의 가족이 만나는 자리이기 때문에 본인들이 컨트롤할 수 없는 상황이 온다. 평생을 다르게 살아온 두 가족이 만나서 '화합이 잘 된다는 것'은 쉽지 않은 일이다. 가족의 분위기, 말투, 식사예절, 종교 등 모든 것이 같지 않을 수 있다는 것이다. 특히 종교에서 부터 다르다면 정말 최악이다. 그렇다고 해서 상견례가 나쁜 풍습일까? 꼭 나쁘지만은 않다. 존재해야 한다고 생각한다. 만약 상견례 없이 각자의 가족들이 결혼식장에서 처음 만난다면 어떨까? 이것도 이상하지 않은가? 가장 중요한 것은 지금 내 옆에 있는 사람의 진짜 모습이 궁금하다면 부모님을 보면 알 수 있다. 부모님의 모습이 각자가 어려서 30년간 봐온 세상일 것이다. 내가 한평생 믿고 같이 가야 할 사람의 진짜 모습을 확인할 수 있는 '마지막 기회'이기 때문에 반드시 거쳐야 할 과정이다. 나를 위해서 말이다.

얼마 전 친구에게 전화가 왔다. "술이나 한잔 하자"라며 다운된 목소리로 말했다. 상견례가 있다는 것을 알고 있었기에 어느 정도 예상은 하고 친구를 만나러 갔다. 천천히 술만 마시던 친구는 입을 열었다.

친구 : 나 아무래도 헤어질 것 같다.

나 : 왜? 분위기가 안 좋았어?

친구 : 안 좋은 정도가 아니었어, 집안이 종교가 달라서 결국 양가 부모님 싸우셨다.

나 : 하.. 그럼 심각한 거 아니야?

친구 : 그놈의 종교가 뭐라고 나는 신 믿지도 않는데.

나 : 내일이 아니라 함부로 말하기도 그렇고, 술이나 마시자.

그렇게 술잔을 나와 술잔을 기울였던 친구는 결국 파혼했다. 종교의 벽을 넘지 못한 것이다. 끝내 친구의 어깨는 들썩였고, 나는 말없이 토닥여줬다. 친구의 종교는 기독교이다. 그리고 결혼을 약속한 여자친구의 종교는 불교이다. 여기서 재밌는 사실은 친구와 여자친구 둘 다 그 종교에 다니지 않으며, 심지어 믿지도 않는다. 그저 집안 어른들이 믿을 뿐이다. 얼마 후 친구에게 자세히 얘기를 들을 수 있었다. 처음에 종교적 의견 차이로 시작되었던 양가 어른들의 대화는 작은 언쟁으로 번졌고, 급기야 "댁 수준을 보니, 자식 수준이 뻔히 보이네요!"와 같은 해서는 안 되는 말을 해버린 것이었다. 과연 종교만의 문제였을까? 아니다. 주변에 친구들이나, 인터넷에서 쉽게 접할 수 있는 상견례의 다툼은 주로 '서로를 인정하지 않는다.', '다름을 다름으로 받아들이지 않고 틀렸다고 생각한다.', '자기의 자식이 아깝다고만 생각한다.' 등 여러 가지가 있지만 그중에서도 가장 큰 것은 '꼭 우위에 서 있으려고 한다' 이다. 그 광경을 보고 있으면 마치 포켓몬스터에 나오는 포켓몬 주인들의 '자기 포켓몬 겨루기' 로 밖에 안 보인다. 꼭 무언가를 얻어가려 한다. 그러니 "자식 가지고 장사한다."라는 말이 나오는 것이다. 예외로 요즘은 많이 줄었지만, 아직도 곳곳에 '남아 선호사상' 이 남아있다. 어렸을 적 들었던 말 중 최악은 "딸 가진 죄인"이라는 말이다. 21세기에 말도 안 되는 이야기가 아닐 수 없다. 이젠 정말 바뀌어야 한다. '온고지신' 의 정신으로 좋은 옛것은 배우되, 좋지 않은 것은 과감히 버리고, 새로운 좋은 것이 있다면 받아들여야 한다.

반대로 분위기가 좋은 상견례 자리는 어떨까? 확실히 오가는 대화부터 질이 다르다.

"예비 며느리가 예쁘기만 한 것이 아니라, 마음도 깊고 어른들께 예의도 바르네요. 부모님을 뵈니 그 이유를 알겠습니다."

"예비사위가 싹싹하니 너무 잘해서 너무 예쁘고 정이 갑니다. 저도 꼭 뵙고 싶었습니다."

이렇게 서로의 자녀를 먼저 칭찬한다. 그리고 대화 내용에 종교나 정치적인 견해는 이야기하지 않는다. 애초에 말다툼의 불씨를 만들지 않는다는 것이다. 또한 예물과 예단 등 전반적인 준비사항과 결혼식 날짜 등을 자리에 오기 전 어느 정도 정해두고 만난다. 그렇게 하면 언쟁이 오고 갈 수 있는 가능성 자체가 낮아진다. 현명한 만남이란 바로 이런 것이다. 우리 부부도 상견례를 겪었다. 아내와 상견례 자리에서 서로 의논할 것을 정해두고 각자 부모님께 말씀드렸다. 어느 정도 정해두고 만난 것이다. 각자 부모님께서는 결혼식 날짜, 예물, 예단 등에 관하여 더 이상 말할 것이 없었다. 우리 부부의 부모님도 앞서 말했던 친구처럼 종교가 다르다. 하지만 상견례 자리에서는 종교 이야기는 하지 않았다. 준비사항과 함께 말씀드렸기 때문이다. 그리고 양가 부모님의 자녀들 칭찬에 즐거운 상견례 자리로 마무리할 수 있었다.

"사랑은 돌아오는 거야"

드라마 '천국의 계단'의 배우 권상우가 사랑이라는 염원을 담아 부메랑을 던진다. 그 부메랑은 돌도 돌아 다시 던진 이에게 돌아온다. 누구에게나 자식은 귀하다. 그 사실을 인지하고 아낌없는 칭찬을 부메랑에 담아보는 것은 어떨까?

10

'뒤풀이' 문화는 왜 사라지고 있나?

✳

"신랑, 신부 행진!!!" 결혼식의 마지막 하이라이트를 알리는 사회자의 외침!

두 부부의 행진을 끝으로 결혼식은 마무리가 된다. 그리고 난 후 포토타임이 기다리고 있다. 포토타임이 끝나면 그 뒤에는 저마다의 방식으로 시간을 보낸다. 폐백을 하는 부부도 있고, 바로 결혼식 2부로 '뒤풀이'를 대신하는 부부도 있고, 그대로 일정이 끝나는 부부도 있다.

"결혼식 끝나고 뒤풀이해야 되나?" 주변에 결혼하는 친구들이 꼭 생각하는 것이었다. 누군가가 이렇게 물어본다면 항상 "뒤풀이는 하는 것이 좋아"라고 답한다. '뒤풀이'는 결혼식을 올리는 신랑과 신부가 정신없는 와중에 찾아와 준 하객에게 감사의 인사를 하나하나 전달하기가 어렵기 때문에 2차로 만나서 인사를 할 수도 있고, 정말 친한 지인들끼리 모여서 조금은 아쉬운 축하 분위기를 만든다. 뒤풀이를 진행함으로써 그날을 온전히 '신랑과 신부의 날'로 만들어 주는 것이다. 이렇게만 본다면 아주 좋은 문화인데 왜 사라져 가는 것일까? 이유는 세 가지가 있다. 첫 번째는, 뒤풀이를 한다면 좋겠지만 준비과정이 힘들다. '장소섭외', '비용', '체력적인 이유' 등이 있다. 마땅한 장소를 섭외하는 것부터 쉽지 않다. 그리고 결혼식이 끝난 신랑과 신부는 파김치가 된다. 새벽부터 일어나서 메이크업을 받고, 머리를 만지고, 식장이라는 조금은 어색한 곳에서 손님을 맞는다. 그렇게 불편한 옷을 입고, 하루종일 긴장한 채로 서 있으니 힘이 든 것은 당연하다. 사실 나도 뒤풀이를 했지만, 결혼식 끝나고는 그냥 집에 가고 싶었으니 말이다. 두 번째, 코로나 이후로 많은 문화가 바뀌었다. 결혼식에도 인원 제한이 있었으며, 그때는 하고 싶어도 뒤풀이는 꿈도 꿀 수 없는 현실이었다. 결혼식 자체를 무기한 연기한 커플도 아주 많았으니 말이다. 이렇게 현실을 핑계 삼아 자연스레 없어지는 문화인 것이다. 그리고 마지막 세 번째는, 문화 자체가 아주 과격하다. 인터넷에 '결혼식 뒤풀이'로 검색만 하더라도 과격한 그날의 사진이 수천장은 더 볼 수 있다. 세 번째의 이유가 가장 큰 것 같다. 축하를 해주는 마음이 너무 과했던 것일까? 축하의 마음을 담아 심한 매질을 하기도 하고, 조금은 음란하기도 한 기괴한 미션을 주기도 한다. 주로 신랑 측 친구들이 그렇다. 신부의 입장에서는 이해하기가 굉장히 어렵다. 그래서 뭐든 '적당히'가 중요한 것이다.

나와 아내는 '뒤풀이'를 했다. 매도 맞았다. 내 엉덩이에 매가 닿을 때마다 아내의 손에는 돈이 쥐어졌다. 맞을 때마다 자동으로 무릎이 땅에 닿았다. 나의 의지와는 상관없이 무릎이 꿇려졌다. 그 덕분에 비용은 내가 맞은 매로 해결했다. 많이 아팠지만 그래도 결혼식 보다 뒤풀이가 더 기억에 남는다. 물론 아내가 기분 좋게 받아들일 수 있는 선까지만 했기에 웃으며 끝날 수 있었다. 결혼식은 너무 힘들어서 다시 하라고 하면 못하지만, 뒤풀이는 다시 하라고 하면 할 정도로 좋은

기억으로 남아있다. 그래서 주변에도 적극 추천한다. 아마도 가장 큰 이유는 '인생에서 딱 한번' 이라는 이유가 가장 클 것이다. 오직 우리 부부를 축하하러 오는 유일한 모임이기 때문이다. 그리고 결혼식 하는 동안 부부는 너무 정신없는 나머지 결혼식에 축하해 주러 온 모든 사람들을 다 신경 쓸 수가 없다. '뒤풀이' 라는 자리를 빌려 감사의 인사를 할 수도 있고, 준비과정은 어땠는지 이야길 할 수도 있다. 모든 이유를 떠나서 즐겁다. 결혼식이 끝나고 체력적으로 너무 힘들어서 '가지 말까?' 라는 생각도 잠시 했으나, 너무 즐거운 자리였다. 안 했다면 후회했을 것이다. 그리고 결혼식을 준비하는 과정부터 식이 끝나는 그 순간까지 쌓였던 스트레스를 풀 수 있는 아주 좋은 시간이 될 것이다. 그 자리는 아주 다양한 사람들이 온다. 결혼을 이미 한 친구들도, 결혼 생각이 없는 친구도, 결혼을 준비하고 있는 친구들 까지 말이다. 같이 즐기며 조언을 듣기도 하고, 조언을 해주기도 한다. 그 자리 사방에서 '공감과 조언' 들이 피어난다. 그런 좋은 분위기를 억지로 만들 필요가 없다. 그 자리가 자연스레 그런 분위기를 조성해 준다. 그렇게 만들 수 있는 자리가 '인생에 몇 번이나 될까?' 를 생각해 보면, 뒤풀이는 적당한 선에서 하면 좋지 않을까?

뒤풀이 비용은 돈으로 결제하지만, 그날의 추억은 돈으로는 살 수 없으니 말이다.

세잎클로버의 꽃말은
'행복' 이다.
네잎클로버의 꽃말은 '행운' 이다.
누구나 행운을 바란다.

99

chapter

06

'겨울'이 있기에
'봄'이 더 따듯해

01

'Trust me'

✱

아내를 진심으로 존경하게 된 계기가 있다. 아내가 '진정한 믿음'을 확인시켜줌과 동시에 날 살렸고, 그 힘이 얼마나 대단한지를 가르쳐준 사건이었다.

"신풍?"

한때 주식을 하는 젊은이들 사이에서 유행처럼 번진 말이다. 코로나가 한창 유행일 시절에 '신풍 X약'이라는 종목이 화재였다. 저점에서 매수한 사람들은 대박을 쳤고, 고점에서 물린 사람은 아주 생지옥을 맛봤기 때문이다. 나 또한 생지옥이었다. 아내 몰래 많은 돈을 투자했고, 많은 돈을 날렸다. 처음에는 말도 못 했다. 이혼당할 것이 두려웠다. 그래서 똥 마려운 강아지 마냥 말도 못 꺼낸 것이다. 정말 안 좋은 생각까지 해 봤다. 아내가 잠든 것을 확인하고 몰래 나와 하늘을 쳐다보며 울었다. 결심한 듯 건물 옥상에 올라갔다. 옥상에 올라와 시내의 밤거리를 봤다. 고요했다. 나 혼자 생지옥에 있는 것 같았다. 마치 모든 세상이 칼라인데 나만 흑백이었다. 지옥을 끝내고 싶다는 생각이 간절했다. "그래 잠깐 아프고 말겠지?"라고 생각하며 난간에 발을 올렸다. 그 생각도 잠시 밑을 보니 아찔했다. "내일 출근인데"라며 되지도 않는 합리화를 하며 내려왔다. "말해야지! 그래도 아내는 알아야지"라고 생각했지만 바로 말을 못 하고 며칠을 끙끙 앓다가 아내에게 입을 열었다.

나 : 여보 사실대로 말할 것이 있어.

아내 : 뭔데?

나 : 나 주식 투자 했어.

아내 : 아. 잘 안 됐구나? 잘 됐다면 이렇게 진지하게 말할 리가 없겠지?

나 : 생각보다 손실이 크네. 미안해.

물건이라도 날아올 줄 알았다. 하다못해 욕이라도 날아올 줄 알았다. 하지만 순간 집안의 공기가 고요해졌다. 정말 아무도 없는 것처럼 고요하고, 우리 둘의 숨소리만 들렸다. 몇 분이나 지났을까? 고요한 정적을 깨며 아내가 말했다. 그 말을 들은 나는 가슴이 덜컹하고 내려앉았다. "오빠 마음고생 심했지? 어쩐지 요즘 오빠 같지 않더라"라고 말하며 눈물이 뚝 떨어지는 것이 아닌가? 전혀 상상 못 한 전개였다. 내가 흔히 알고 있는 반응이 아니라 놀랐다. 물건을 집어던지고 욕을 하며, "이혼 서류 빨리 가져와라"와 같은 반응일 것이라 혼자 판단했던 것이다. 그다음 아내의 말에 나는 더 놀랐다. "이미 엎질러진 물은 못 담지, 오빠한테 욕하고 소리치면 뭐 하겠어 그래도 내 남편인데 방법을 생각해 보자! 당장 우리가 아껴야 하는 것도 생각해 보고"라고 말하는 것이 아닌가? 며칠 전 안 좋은 생각을 했던 나를 죽이고 싶었다. 너무 미안했다. 그 감정들이 휘몰아치며 마치 사탕을 뺏긴 아이처럼 엉엉 울었다. 그런 아이를 달래듯 아내는 따뜻하게 안아주었다. 그리고 말했다. "오빠는 뭐든 열심히 하는 사람이고, 실수는 누구나 할 수 있어! 그리고 나 오빠 믿어"라고 말이다. 그 말을 듣는 순간 "더 열심히 살아야겠다. 다시는 실망시키지 말아야겠다"라는 다짐을 했다. 아내에게 단순한 고마움의 이상의 감정이 생겼다. '존경심'이었다. 반대의 입장이었다면 나는 아내에게 어떤 말을 했을까? 저렇게 할 수 있었을까? 아니었을 수도 있다. 하지만 확실한 것은 그날 아내는 나를 살렸다.

나와는 반대의 결과가 나온 사람도 있었다. 같이 투자를 했던 지인이었다. "나 아내한테 말했어."라고 내가 말했다. "이혼하자고 하디?"라고 묻기에 답했다. "아니 생각지도 못한 말을 들었어. 실수 할 수도 있고, 앞으로도 나 믿는데"라고 하니 지인도 깜짝 놀랐다. "어떻게 그럴 수 있냐?"라며 말이다. 지인 또한 아내에게 말을 했고, 현재는 각방을 쓰고 있으며, 부부 사이에 위기가 찾아왔다고 한다. 한편 위기는 있었지만 나를 끝까지 믿어주는 아내의 덕분에 나는 다시 힘을 낼 수 있었고, 지금도 아내에게 더 노력하는 사람이 되었다.

누구나 인생의 굴곡이 있다. 치명적인 실수를 할 때도 있다.

가끔 그런 생각을 할 때가 있다. 만약 그날 아내가 나에게 소리치고 욕을 하며, 이혼을 요구했다면 어땠을까? 더 큰 좌절감에서 다시 건물 위로 올라갔을 수도 있다. 하지만 아내는 나는 끝까지 믿어주었다. '진정한 믿음'을 발판 삼아 더 멋진 삶을 그려나갈 수 있게 되었고, 그런 나의 모습을 보며 아내는 말한다. "역시 결혼하길 잘했어"라고 말이다.

02

'월세살이'를 해봐야 하는 이유

✳

오래전에 재밌게 봤던 강의를 다시 찾아봤다. 김미경 강사님의 강의였다. "여자분들 저평가 우량주인 남자와 결혼하세요.", "부자 말고 가난한 남자와 결혼하세요.", "가난한 남자와 결혼하면 결핍이 자산이 되고 다시 뛸 수 있는 힘이 생겨요"라는 말이다. 무작정 가난한 남자와 결혼하라는 말이 아닐 것이다. 현재는 가난하지만 꿈이 있고, 앞을 향해 한발 한발 걸음마를 하고 있는 '저평가 우량주'를 선택해야 된다는 뜻이다. 나와 함께 60년간 꿈을 꾸고, 현실로 만들 수 있는 그런 남자 말이다.

최근 유행했던 '이혼'을 주제로 한 TV 프로그램 챙겨 봤다.

출연하는 커플 중 어린 커플이 있었는데 이름이 특이해서 기억에 오래 남았다. 며느리와 시아버지의 사이가 극히 좋지 않았고, 중재해보려던 아들은 아버지와 대화를 한다. 논점은 아버지로부터 지원받은 2억 원의 큰돈으로부터 시작된다. 아들은 아버지에게 "아빠에게 경제적인 지원을 받았기 때문에 항상 돈을 드려야 한다는 생각이 있었고, 돈을 드리는 이유로 아내와 많이 싸웠으며, 그때 아빠에게 돈을 받지 말았어야 했다는 것을 이혼하고 깨달았다"라고 말했다. 이에 아버지는 씁쓸한 표정을 지으며 말했다. "자식이 지하 단칸방에 살고 있는데 가만히 있을 부모가 어디 있느냐"라는 말과 "결국 내가 비수를 맞는 원인이 나였네?"라고 씁쓸한 표정을 지으며, 가슴 아픈 말씀을 하신다. 그 말을 듣고 생각이 많아졌다. 뭐가 잘못된 것일까? 큰돈을 주신 아버지의 잘못일까? 아니면 그 돈을 받은 아들의 잘못일까? 딱 한가지의 생각이 들었다. '받을 것 다 받아놓고 저런 말을 한다고?' 였다. 저렇게 말을 할 거였다면, 받을 당시에 했어야 맞고 말을 아예 안 하던지, 돈을 처음부터 안 받던지 둘 중 하나만 했어야 했다. 진심으로 아버지께 고마운 마음이 있었다면 절대로 나와선 안 되는 말이었다. 해주고도 비수를 맞은 아버지의 마음은 얼마나 허탈했겠는가? 프로그램을 보며 생각난 말이 있다. '달면 삼키고 쓰면 뱉는다' 라는 말이다. 애초에 달콤한 것만 삼키고 싶었던 것은 아니었을까?

최근에 친구가 결혼을 했다. 그 친구는 집이 부유하다. 물론 주변에서 항상 부러워했다. 나도 부러웠으니 말이다. 하지만 그 친구가 요즘은 아주 힘들어한다. 결혼할 당시 부모님께 경제적인 지원을 많이 받았다. 전주에서 가장 좋은 아파트를 신혼집으로 받았고, 차를 비롯해서 많은 것을 받았다. 그중 친구의 노력으로 가진 것이 하나도 없었다. 어느 날 친구는 힘들다며 나에게 전화를 했고, 만나서 이야기하자는 말에 약속 장소로 나갔다.

친구 : 요즘 너무 힘들다.

나 : 너도 힘들어할 일이 있냐?

친구 : 나라고 왜 고민이 없을까.

나 : 뭔데 신혼이라 행복에 겨워야 할 놈이 왜 이러고 있냐.

친구 : 지원해주신 것은 고마운데, 우리 둘 사생활에 너무

깊이 개입하신다.

나 : 제수씨는 뭐라는데? 그걸로 제수씨랑 싸웠구나?

친구 : 응, 아무래도 당황스러워하지.

나 : 나라면 받은 것 다시 드릴 것 같은데.

친구 : 야 장난하지 마.

나 : 장난 아닌데? 지원을 받지 말던지, 아님 힘들다고 하지 말던지 둘 중에 하나만 해 모질아. 받은 것은 다 좋고, 사생활 개입은 싫다는 것은 뭔 논리야? 어느 정도 예상하고 받은 거 아니야? 아니면 부모님께 네가 잘 중재해서 어느 정도 타협을 봐야지. 근데 참 애매하긴 하다.

친구 : 그러게 말이다. 너는 어떻게 했어?

나 : 나는 안 받았어. 이런 결과가 나올 것 같아서 월세를 살더라도 나하고 아내하고 둘이 행복하게 살고 싶어서 그리고 돈은 벌면 되잖아.

나와 아내가 경제적인 지원을 받지 않은 가장 큰 이유이다. 형편이 아주 좋지도 안 좋지도 않았고, 주신다고 하시는 것을 우리 부부는 마다했다. 우리 힘으로 일어나고 싶었다. 쉽게 얻고 싶지는 않았다. 그리고 얻는 모든 것을 우리 둘이 만끽하고 싶었다. 그렇게 우리는 월세살이를 시작했다. 우리가 버는 돈과 매달 나가는 지출을 따져가며 알뜰살뜰 나날을 보냈다. 이것도 내공이 쌓이는 것일까? 점점 더 관리에 탄력이 붙는다. 그렇게 보내며 가장 크게 느낀 점은 작은 것에도 소중함을 알게 되고, 열심히 살아주는 서로에게 더욱 감사하게 되었다는 점이다. 이렇게 우리는 조금은 부족하더라도 잘 살고 있다. 가끔은 부족함이 있기에 더 행복하다고 느낀다. 겨울에 떨어 봤던 사람이 봄의 따듯함을 알 수 있는 것처럼 말이다.

'잘 산다' 는 것은 무엇일까? 얼마 전 그 해답을 얻었다. 김창옥 교수님의 토크콘서트에서 말이다. "여러분 돈이 많으면 잘 사는 것일까요? 돈이 많으면 부자지 잘 사는 것이 아니래요. 잘 사는 것은요. 사이가 좋은 것이 잘 사는 거래요. 부자들도 사이가 안 좋을 수 있으니까요. 그리고 조금은 부족하더라도 사이가 좋을 수 있잖아요? 여러분들은 잘 사셨으면 좋겠습니다."라고 말이다. 어떤가? 잘 살고 있나? 나는 내가 잘 살고 있다고 확신한다.

'사랑'과 '결혼'

"정답도, 오답도 없다."
우리나라의 5천만
인구 중 사랑을
설명할 수 있는 사람이
있을까?
없다고 생각한다.
상대에 따라서
어떤 사람은 '뜨겁게'
또 어떤 사람은
'자유롭게'
그리고 그것이 매번
같은 패턴으로
찾아오는 것도 아니다.

03

물어봐서도 알려줘서도 안 되는 것

✳

"신혼집 비밀번호를 묻는 시어머니, 사생활 침해일까?"

　"문 단속 하고 나간 것 같은데 이 신발 뭐지?"라고
생각하며 긴장한 채 집에 들어가니 익숙한 사람이 나를 반긴
다. "새아가 왔니? 너희들 먹을 반찬 좀 가져왔다."라고 말씀
하시는 시어머니가 계셨다. 참으로 당황스러운 일이다. 비밀
번호를 알려드린 것을 후회했다. 그리고 짧은 순간에 많은 생
각이 오갔다. '싱크대 하수구 깨끗한가?', '맞다 화장실 더러
운데', '냉장고 정리 안 했는데' 라고 생각하던 것도 잠시 시
어머니께서 말씀하신다. "냉장고 정리는 항상 해야 한다! 그
리고 싱크대 하수구는 자주 청소 해야 된다. 여기가 더러우면

설거지를 해도 소용이 없어요."라고 말씀하시는 시어머니의 표정은 말투와는 다르게 뭔가 못마땅해하신다. 이런 이야기는 너무나도 익숙하다. 어렸을 때부터 '사랑과 전쟁'이라는 프로그램에서 많이 본 것 같다. 그래도 그땐 화면 속 이야기가 나의 일상이 될 줄은 몰랐다. 많은 며느리들은 공감할 것이다. 이런 일을 한 두 번 겪어보면 이젠 집에 가는 것도, 집을 잠시 비우는 것도 무서울 때가 있다. 살아보니, 신혼집 비밀번호를 묻는 것은 사생활 침해가 맞다. 많은 며느리들이 이렇게 생각한다. 며느리뿐만 아니라, 사위들도 이런 일을 간혹 겪곤 한다.

반대로 어머니들은 "내가 집 해줬으니, 그 집에 비밀번호를 아는 것은 나의 권리다."라고 생각하는 분들이 꾀나 많다. 이렇게 생각이 다르니 대립이 있을 수밖에 없고, 부부싸움도 잦아질 수밖에 없다. 해결할 방법은 딱 하나다. 해주지도 않고, 물어보지도 않는 것이다. 물론 그 어떤 것을 줘도 아깝지 않은 부모님의 입장에서는 냉정하게 들릴 수도 있으나, 현실이다. 그럼 자녀에게 집을 해주면 안 되나? 꼭 그렇진 않다. 두 가지만 지킨다면 말이다. 첫 번째 자녀가 결혼하는 순간 또 하나의 가정이 탄생하는 것을 인정하는 것이다. 나의 아들, 딸이기 전에 누군가의 '아내'이고 '남편'이라는 것을 부모님들께서 먼저 인정해 주는 것 말이다. 두 번째 꼭 집을 주고 싶다면 주고, 그것에 대한 것은 꼭 갚으라고 해야 한다. '내가 해준 집'과 '내가 도와준 집'의 차이다. 신혼집의 비밀번호 문제로 갈등이 있는 부부들은 대부분 부모님께서 앞서 말한 두 가지가 해당이 안 된다. 반대로 자녀 부부에게도 지켜야할 것이 있다. 첫 번째 우리 부부의 인생이 있다면, 부모님의 인생도 있다는 것을 인식하는 것이다. 주변에 보면 안쓰러운 부모님들이 꼭 있다. 자녀들이 사는 모습이 안쓰러워 모든 것을 내어주다 보면 어느새 부모님의 인생은 사라져 있다. 이 마음은 모든 것을 주고 싶은 부모님께서 스스로 컨트롤하기가 어렵다. 자녀들이 먼저 이야기해야 한다. "저희 힘으로 한 번 해볼게요"라고 말이다. 달다고 다 삼키지 말자. 정작 쓰다고 느끼는 것은 뱉어내면서 말이다. 두 번째 받더라도 절대 그냥 받으면 안 된다. 반드시 갚아야 한다. 그리고 감사할 줄 알아야 한다. 모든 것을 다 내어 줬음에도 불구하고, 그 고마움을 모르는 사람들이 꼭 있다. 주신 부모님에 대한 예의이기도 하지만, 본인들을 위해서이다. 사람들은 대부분 부모님께서 주시는 것에 대해 '공짜'라는 인식이 강하다. 기억하라. 세상에 공짜는 없다.

스타강사 김미경 강사님께서 이런 말씀을 하셨다. "시어머니가 만약에 10억을 줬다면 당신은 주말마다 가서 커튼을 빨아야 해요! 커튼을 빠느니 차라리 공부하세요. 여러분 죽을 때까지 20억 벌 수 있어!"라고 말이다. 만약 10억을 받은 자녀가 "엄마가 다리가 아파서 그런데, 와서 커튼 좀 빨아줄 수 있겠니?"라고 물어본다면 "아니요"라고 답할 수 있는 사람이 몇이나 될까? 이것이 세상에 공짜가 없다고 말하는 이유다. 그렇게 한 번, 두 번 빨기 시작한 커튼은 곧 나의 일이 될 것이고, 그것을 넘어서 어느새 반 파출부가 되어있는 나를 발견할 것이다.

"엄마는 왜 우리 집에 안 와봐?", "가면 뭐 하냐? 며느리 불편하기만 하지!"

새로 이사를 오고 어느덧 2년째 살고 있다. 내 아내에겐 시어머니이고 나에겐 어머니라는 분은 자식의 집에 아직 한 번도 와보시지 않았다. 그래도 약간은 자식으로서 서운한 마음에 물어보면 저렇게 대답하신다. 비밀번호를 묻기는커녕 오시라고 해도 안 오시는 것이다. 그래서 한번은 지나가듯 얘기하는 것 말고, 진지하게 물어봤다. "엄마 우리 집에 안 오는 이유가 있어?"라고 말하니 "내가 가봤자 잔소리밖에 더하겠냐? 너희들끼리 알아서 살아, 너희들 살림이니까 그리고 엄마, 아빠 보고 싶으면 너희들이 와 너무 자주 말고, 그렇다고 너무 안 오지도 말고"라고 말씀하셨다. 이런 부모님의 마음이 우리는 너무 감사했다. 내가 처음으로 사회로 나와 혼자 살 때 부모님께서 집을 마련하는데 도움을 주셨다. 그 덕분에 비교적 편안한 삶을 살 수 있었다. 아내를 만나 결혼을 결심했고, 아내와 나는 부모님께 지원받는 부분이 없이 오직 '우리 둘만의 힘으로 일어나 보자' 라는 생각이었다. 물론 처음 내가 출가했을 당시 도와주셨던 부분은 당연히 갚기로 했다. 부모님께서는 우리가 말만 그렇게 하는 것으로 생각하셨나 보다. 근데 정말로 그 돈을 이체해 드렸다. 그래야 우리 둘만의 힘으로 일어서는 것이니까 말이다. 이런 부분이 부모님들께서 우리를 진심으로 믿게 된 계기가 된 것일까? 그 이후로는 우리 부부를 별도의 한 가정으로 인정하시는 것 같다.

장모님 또한 같은 마음이신 것 같다. 사위가 불편해할 수도 있으니 잘 오시지 않는다고 한다. 장인어른과 장모님께서는 각자의 삶을 지향한다. 심지어 처가 쪽에는 가족들의 모임통장이 있다. 장인어른과 장모님 부부, 처형네 부부, 우리 부부, 세 부부가 매달 회비를 낸다. 그리고 달에 한 번씩 날짜를 정해 만나서 맛있는 식사를 한다. 식사를 마치면 카페로 향한다. 차를 마시며 그동안 어떻게 지냈는지 서로 안부를 묻고, 수다를 떤다. 물론 모든 비용은 모임통장에서 나간다. 나는 이 즐거운 시간을 나의 장인어른, 장모님과 오래도록 지속하고 싶다. 아주 오래도록 말이다.

04

'네' 일 '내' 일을 따져야 한다

✳

"집에만 오면 아주 상전이야! 이 집엔 나 혼자 사냐?", "무슨 소리야 나도 하긴 해!"

　　부부동반으로 모이는 자리나, 커플 모임을 가면 항상 나오는 얘기이다. 꼭 어느 한쪽이 집안일에 대해 불만을 가진다. 얼마 전 부부 모임에서도 어김없이 나왔다. 그 자리의 친구 부부 A가 먼저 이야기를 시작했다. 나에게 집안일을 하냐는 것이었다.

　　A 아내 : 로준씨는 집에서 집안일해요?

　　나 : 네. 하죠! 주로 설거지나 주방에서 하는 일은 내가 다 해요.

A 아내 : 와... 내 남편이 보고 좀 배웠으면 좋겠다. 저 인간은 집에 오면 아무것도 안 해요.

A 남편 : 굳이 여기까지 나와서 그런 얘기를 해야 돼?

A 아내 : 좋은 것이 있으면 좀 배우고, 받아들여.

나 : 아이고, 제수씨 진정해요~ 내가 뭐 대단한 게 아니라 나하고 아내하고 그렇게 정했어요. 내가 주방일 하는 대신 아내가 빨래는 다 맡아서 해요.

A 아내 : 어차피 정해도 저 인간은 안 할걸? 그럼 더러운 것 못 참는 내 성질에 하게 돼요. 그러니까 내가 항상 손해지!

나 : 그걸 그냥 둬요? 용돈을 끊어버려요. 그냥.

A 남편 : 야 너까지 왜 그러냐?

나 : 야 정신 차려 인마! 얼마나 서러웠으면 여기 나와서 집안일 얘기를 하겠냐? 너희 부부는 룸메이트가 아니야!

내 말에 친구 기분도 좋아 보이진 않았다. 자존심이 상한 듯하다. 자존심이 상한 친구보다 더 걱정되었던 것은 친구 아내의 속앓이였다. 이미 그 상황에 적응되어 버린 친구는 미안함도 고마움도 없어 보였다. 부부는 룸메이트가 아니다. 심지어 룸메이트도 한쪽만 일을 한다면 같이 지내지 않으려고 할 것이다. 걱정되는 마음에 친구를 따로 불러내어 진심 어린 충고를 해줬다. 친구는 마지못해 대답하였고, 그다음 모임에서는 친구 아내의 표정이 좀 밝아져 있었다. 친구가 집에 가서 내 이야기를 하며, 집안일에 역할을 분담해보자고 제안을 한 것이다. 친구 아내는 큰 것을 바란 것이 아니었다. 그저 본인이 하기 어려운 음식물 쓰레기, 분리수거만 해줬으면 좋겠다고 말했다 한다. 그 이후 그 일들은 친구가 도맡아서 하고 있다고 한다. 가끔 그 이상 설거지나 빨래 같은 것도 한다고 했다. 친구도 느낀 것이다. 나의 행동으로 인해서 아내의 표정과 말투가 바뀌었다는 것을 말이다.

"여보는 빨래!", "나는 주방!!"

나와 아내는 각자 집에서의 역할이 있다. 나는 주로 설거지를 한다. 나의 어머니와 식당을 10년 가까이 운영했던 장기를 살려 설거지와 음식은 내가 하기로 했다. 아내가 설거지를 하는데 그릇을 어루만지고, 칼질을 하는데 당근과 대화를 하고 있었다. 그 모습을 본 나는 '은색의 인테리어에 수도가 있는 저 곳이 내 자리구나' 라고 생각했다. 그렇게 해서 자연스럽게 주방은 나의 영역이 되었다. 또 한번은 아내와 같이 쉬는 날 내가 빨래를 돌렸다. 흰색과 검은색의 구별 없이 모두 돌렸다. 아내가 그 모습을 보고 경악을 금치 못했다. "오빠 저게 무슨 일이야?"라며 못 볼 것을 본 마냥 눈과 입을 가렸다. "왜? 저렇게 돌리면 안돼요? 나는 한 번에 빨면 좋으니까"라며 땅을 쳐다보며 말했다. 아내가 "흰 빨래가 물들잖아"라고 고개를 저으며 말했다. 여기서 끝이면 좋으련만 빨래를 개다가 다시 시작되었다. "이거 갠 거 맞아?", "응! 나 열심히 개고 있는데?" "아니야 오빠 그냥 빨래는 내가 갤게"라며 내가 개어 놓은 것을 다시 펴서 개고 있었다. 이렇게 우리의 역할은 자연스레 나뉘게 되었다. 이렇게 역할을 나눠서 집안일을 하다 보니, 몇 가지의 장점이 있다. 일단 내가 맡은 것만 열심히 하면 된다. 그리고 집안일로 인한 싸움이 줄어든다. 물론 서로 맡은 일을 충실히 했을 때의 이야기이다. 마지막으로는 집안이 항상 쾌적하다. 가장 큰 좋은 점은 일단 집안일로 인한 싸움이 줄어든다. 각자의 본분이 있기 때문에 누가 먼저 하나

눈치를 볼 일이 없어지기 때문이다. 그리고 집안일이 어느 한 쪽으로 몰리는 일이 없어져서 서로 불만이 없다. 그리고 각자 쉬는 날은 누가 먼저라고 할 것 없이 전체적으로 점검한다. 그렇게 하니, 혹시나 일이 있어서 못 하거나 늦게 하더라도 싸울 일이 없다. 내가 혼자 쉬는 날 빨래를 개어 놓으면 이내 아내는 다시 펴서 갠다. 여전히 나의 빨래 개는 실력은 늘지 않았나 보다. 그럼 나는 조용히 옆에 가서 다시 한번 개는 방법을 아내에게 물어본다. 중요한 것은 애교가 약간은 섞여 있어야 아내도 못 이기는 척 다시 알려준다.

중요한 것은 역할 분담이 아니다. 역할 분담은 각자에게 책임을 부여하는 것일 뿐이다. 백 날 책임을 부여 한들 '내가 하지 않으면 상대가 힘들다' 라는 배려하는 마음이 없다면 부질없는 짓이다. 우리 모두가 별 것 아닌 집안일로 인하여 싸우기보다는 서로의 마음을 확인하고, 위하는 길이 되었으면 한다.

05

함께 할 '취미'를 공유하라

✳

"나는 가수다", "아내 또한 가수다"

매주 금요일 스피커와 마이크를 가지고 거리에 선다. 사람들 앞에서 아무렇지 않게 노래를 부른다. 물론 아내와 같이 즐기니 더 좋다. 부부가 취미를 공유한다는 것은 좋은 일이다. 우선 앞에 등장했던 취미로 인한 갈등이 없다. 당연히 같이 즐기니 말이다. 그리고 자연스레 같이 이야기할 것들이 많아진다. 부부간의 대화가 아주 중요한데, 그 중요한 것을 취미라는 매개체로 채울 수 있는 것이다. 그리고 세상을 바라보는 시선 또한 비슷해진다. 이렇게 같은 것을 나눈다는 것은 단순한 취미를 넘어 가치관과 삶에 방향성에도 영향을 준다.

아내와 나를 이어준 결정적인 매개체가 있다. '노래'이다. 둘 다 노래 부르는 것을 좋아한다는 것이다. 수년 전 오디션 프로그램인 '슈퍼스타 K'라는 곳에 지원해서 나간 적이 있었다. 나중에 알고 보니, 아내도 그 자리에 있었다는 것이다. 둘은 깜짝 놀라며 "그때부터 우리의 인연은 시작되었나 보네"라고 말한다. 이것에 내가 프러포즈를 할 때 앨범을 만든 이유였다. 그리고 아내의 지인이 운영하는 버스킹 팀에도 합류했고, 그 팀의 리더에게 현재는 더 좋은 실력을 얻기 위해 정기적으로 레슨도 받는다.

얼마 전 노래를 좋아하며, 잘하는 동생이 있어서 리더에게 추천했고, 그의 노래를 들어본 리더는 팀에 합류시키기로 했다. 그렇게 그 동생은 우리의 팀원이 되었다. 노래를 하는 동안 스트레스도 풀린다고 하였고, 굉장히 즐거워하는 듯했다. 그런데 얼마 전부터 그 동생이 연습 내내 별로 좋아 보이지도 않았고, 휴대폰만 보고 있었다. 그래서 물었다. "무슨 일 있나?"라고 물으니 "형 잠깐 나가서 이야기 좀 할까요?"라고 말이다. 정말 무거운 마음으로 나갔다. '혹시 팀을 빠져야 하나? 아니면 더 큰일이 있는 것인가?'라는 생각이 들었다. 밖으로 나간 동생을 뜻밖의 말을 했다. "형 저 답답하네요, 여자 친구가 제가 여기 오는 것을 별로 안 좋아해요"라고 말했다. 그에 대한 나의 반응은 '응?'이었다. 사실 생각하지도 못한 이야기였다. "왜?"라고 물으니 동생은 "아무래도 여기 팀원이 여자들도 많고 하니까 불안한가 봐요"라고 답했다. 생각해 보면 연인들끼리 충분히 그럴 수 있다고 생각했다. 하지만 와닿지는 않았다. 그리고 문득 이런 생각이 들었다. 만약 그 동생도 '여자친구와 같이 이 자리에 있다면 그런 충돌은 없을 수도 있겠구나'라는 생각이 들었다. 그리고 지금 현재 아내와 나의 취미가 같다는 것에 더욱 감사하게 되었다.

아내와 같이 즐겁게 즐기는 또 한 가지는 '여행'이다. 우리는 여행을 좋아한다. 그리고 우리의 기념일 중 가장 큰 기념일인 결혼기념일임과 동시에 우리가 처음 만난 날 '4월 17일'은 우리가 제주도 여행을 가는 날이다. 신혼여행을 가서 아내에게 약속했다. "우리 결혼기념일에는 우리의 추억도 되짚을 겸 여기 꼭 오자!"라고 말했다. 아내는 "살다 보면 못 오지 않을까?"라고 말했고, 나는 "무슨 일이 있어도 오자! 안되면 당일치기라도 꼭 약속 지킬게"라고 말하며 아내를 미소 짓게 했다. 그 이후로 아내는 4월이 오기 한 달 전부터 계획표를 작성한다. 그리고 가서 입을 옷을 입어본다. 한 달 전 부터 말이다. 그날 날씨와는 상관없다. 아내의 감성이 더 중요하다. 그 모습이 귀여워 또 한바탕 웃는다. 그리고 맛있는 것을 찾아다니며 먹는 것 또한 좋아한다. 여행지에 가면 그 지역의 맛있는 음식을 아내는 찾아놓고 같이 간다. 그렇게 다시 일상으로 돌아오면 각박한 일상을 버텨낼 힘이 생긴다. 가끔 "대구 갔을 때 먹었던 뭉티기 고기 또 먹고 싶다", "우리 가평 갔을 때 숯불에 구워 먹었던 소고기 진짜 맛있었는데 그렇지?" 이렇게 다녀왔던 여행의 추억을 떠올리기도 한다.

"곧 퇴근인데 오늘 안주는 뭐 먹을까?"
마지막으로 같이 공유하는 취미는 '술' 이다. 내가 처음부터 술을 즐겼던 것은 아니다. 나와는 반대로 아내는 술을 아주 좋아하는 애주가이다. 처음에는 그런 아내의 취미를 바꿔보려 노력했다. 시간의 제약도 걸어보고, 마시는 술의 양도 정해 보고 그랬다. 오히려 제약하니 스트레스를 받는 아내를 보

며, 생각을 바꿨다. '같이 즐겨보는 것은 어떨까?' 라고 말이다. 그렇게 아내와 술을 마시기 시작했다. 술을 많이 마시지 못하는 나와 마시니 아내의 마시는 양도 점차 줄었다. 같이 마시며 즐기게 되었다. 때로는 이야기도 하고, 영화도 보고, 드라마도 보면서 즐기기도 하고, 때로는 술의 종류를 바꿔보기도 한다. 하루의 시간 중 이렇게 둘이 술을 마시고, 이야기하고, 웃고, 떠드는 시간이 피로와 스트레스를 날리는 아주 중요한 시간이 되었다.

06

'Dream'

*

"두 분 닮으셨네요 혹시 남매세요?"
"아니요 부부입니다"

      서로 다른 인생을 살아왔던 남녀가 만나 사랑하면 닮는다. 닮는다는 것은 아주 좋은 일이다. 얼굴 생김새가 아니라 전체적인 분위기가 닮아 간다. 말투나 표정은 물론이다. 심지어 생각하는 것도 닮아 간다. 이렇게 닮아 간다면 드디어 나를 제일 잘 알고, 나를 더 많이 사랑해 주는 나의 편이 생긴 것이다. 아내와 내가 닮았다고 말하면 이상하게 아내는 기분이 좋지 않은 이유를 알 수가 없지만, 각박한 세상 속에 나를 나보다 더 사랑해 주는 사람이 있다는 것은 아주 소중한 일이다. 결혼을 추천하는 가장 큰 '이유'이기도 하다. 서로 닮은 두 사람은 어느새 꿈도 같아진다. '둘이 행복한 것'이 그 꿈이다. 정말 소박한 꿈일 수 있지만 가장 어려운 꿈이기도 하다. 이 꿈은 아주 작은 것부터 시작되고, 그것이 없다면 이루어질 수 없다.

나 : 나랑 결혼해서 사는 요즘 어때?

아내 : 행복해.

나 : 어떤 부분이?

아내 : 힘든 하루를 보냈어도 오빠랑 저녁에 술 한잔이면 다 녹아

나 : 술 마시고 싶어서 그런 건 아니지?

아내 : 아니야!;; 술도 좋긴 한데 오빠랑 같이 마시니까 더 좋은 거지.

나 : 행복이 뭐 별건가 이렇게 같이 웃을 수 있으면 행복인 거지.

"우리가 잊고 사는 것"

소소한 행복이란 무엇일까? '작은 것이 위로하는 행복' 이 소소한 행복이 아닐까? 문득 그런 생각이 들었다. 소소한 행복이란 것은 '기초공사' 가 아닐까? 기초공사가 부실한 건물은 무너지게 되어있다. '행복' 에 대한 기초공사는 작은 것에 감사할 줄 알아야 한다. 얼마 전 아내와 나는 '기초공사' 의 중요성을 다시 한번 느꼈다.

최근에 건강검진을 했다. 건강검진 센터에서 전화가 왔다. "김로준씨 되시죠?", "예 맞는데요", "건강검진 결과가 나왔는데 방문을 좀 해주셔야 할 것 같습니다."라고 말했다. 순간 섬뜩했다. "혹시?"라는 생각이 들었다. 그리고 그동안 내가 봤던 아내의 표정 중에 가장 두려운 표정을 그날 처음 봤다. 서둘러 검진했던 센터에 상담 예약을 잡고, 날짜만 기다렸다. 상담하러 가는 날 나도 아내도 긴장했다. 기다리던 중 드디어 내 이름이 불렸고, 상담실에 문을 열고 들어갔다. 우리 부부는 얼굴은 웃고 있었지만, 심장 뛰는 소리가 귀에 들렸다. 들어간 지 1분 정도 의사 선생님의 마우스 클릭 소리만이 그 방을 채웠다. 그리고 선생님이 입을 열었다. "술을 자주 드시나요?", "예", "야식도 자주 하시죠?", "예", "담배는 얼마나 피세요?", "하루에 한 갑 핍니다", "음... 안 좋은 것은 다 하시네요"라고 말하는 분위기와는 달리 다행히 죽을병은 아니었다. 하지만 결과를 듣기 전까지 아내와 나는 '혹시나' 하는 마음에 너무 두려웠다. 매일 같이 마시던 술을 당분간은 못 마시게 되었고, 안 하고 살던 운동도 해야 했다. 건강을 위해서 말이다. 그날 이후로 나는 배운 것이 있다. 아무리 큰 행운이 찾아오더라도 우리가 항상 당연하다고 생각하는 작은 행복이 무너지면 의미가 없다. 반대로 아내는 이렇게 말했다. "오빠가 내 옆에 있는 것이 당연하다고 생각하고 살았는데 순간 너무 무서웠어. 그리고 지금은 너무 다행이야"라고 말이다.

'익숙함에 속아 소중한 것을 잃지 말자' 라는 말이 있다. 우리가 핸드폰을 사던 날을 한번 떠올려보자. 첫날은 혹시나 기스가 날까 두려워 조심조심 만진다. 하지만 이것도 잠시 뿐이다. 며칠이 지나면 침대 위로 훅훅 던진다. 처음 핸드폰을 사던 나의 모습은 온데간데 없다. 하지만 우리는 이 핸드폰이 눈앞에 없으면 그야말로 안절부절 할 것이다. 사람은 항상 익숙함에 속아 중요한 것을 잊고 산다. 대표적으로 '건강' 과

'사람'이다. 어리석게도 그것을 잃어버렸을 때야 비로소 후회를 한다. '있을 때 잘해'라는 말의 존재 이유를 얼마 전 알게 되었다.

잘 살고 싶었다. 정확하게 말하면 많이 벌고 싶었다. 이유는 아내와 행복하게 살고 싶었기 때문이다. 그리고 얼마 전까지 잘 버는 것이 '행복해지는 길'이라고 믿었고, 그 신념이 커질수록 일에 더욱 집중했고, 매달렸다. 내가 일에 집중할수록 아내의 표정은 점점 어두워졌다. 처음에는 내심 서운했다. "우리 행복하게 살려고 더욱 열심히 하는 건데 왜 몰라주지?"라는 생각이 들었다. 나의 마음을 읽은 것일까? 아내가 먼저 대화를 하자고 했다. 그날 저녁 아내와 나는 술한잔 하며 진지하게 이야기 했다.

아내 : 오빠, 요즘 나한테 신경을 안쓰는 것 같아서 속상해.

나 : 우리가 더 잘 살고 행복하기 위해서 열심히 하는거야. 결코 그런게 아니야.

아내 : 알아 나도. 근데 그거 알아? 나는 오빠가 나한테 관심 가져주고, 사랑해주는 것 자체가 행복이야. 근데 요즘

그게 점점 줄고 있다는 생각에 마음이 텅 빈 것 같아.

왠지 모르게 이 때는 '토크포지션'이 되지 않았다. 이상하게 나의 마음을 먼저 말하고 싶었다. 아내 또한 그랬을 것이다. 그리고 이어지는 아내의 말이 충격이었다. "오빠가 정말 열심히 살고 높은 곳에 올라도 내가 없이 행복할 수 있어?"라고 말했다. 순간 아내가 없는 나의 모습을 상상했다. 아찔했다. 나는 아내가 없이는 살 수 없을 것 같다. 그리고는 아내의 말을 수긍했다. "미안해, 앞으로는 내가 좀 더 잘할게"라는 말과 함께 말이다. 그 후로는 그 어떤 것도 아내보다 먼저가 되지 않는다. 그날의 아내는 나에게 본인의 마음을 말했다. 만약 아내가 나에게 말하지 않고 속으로만 삼켰다면 어땠을까? 지금쯤 나와 아내의 관계는 어떨까?

지금 당신의 옆에 있는 사람도 그럴 수 있다. 속으로 삼키고 있을 수도 있다. "정말 큰 위기는 위기인데 위기인 것을 모르는 것"이라고 한다. 옆에 소중한 사람이 있다면 대화를 해보는 것도 좋을 것 같다. 지금 '위기'일 수도 있으니 말이다.

세잎클로버의 꽃말은 '행복'이다. 네잎클로버의 꽃말은 '행운'이다. 누구나 행운을 바란다. 때때로 사람들은 네잎클로버를 찾기 위해 많은 세잎클로버를 밟고 서 있다. 어쩌면 수많은 행복 속에서 행운만을 찾고 있는 것은 아닐까?

PHOTO FLEX

결혼은 미친 짓이 아니다

Jul 18, 2022

photoflex everywhere

'사랑'과 '결혼'

"정답도, 오답도 없다."

우리나라의 5천만 인구 중 사랑을 설명할 수 있는 사람이 있을까? 없다고 생각한다. 상대에 따라서 어떤 사람은 '뜨겁게' 또 어떤 사람은 '자유롭게' 그리고 그것이 매번 같은 패턴으로 찾아오는 것도 아니다. 내가 뜨거운 사랑을 하고 있다고 해서 자유롭게 하는 사랑은 사랑이 아닐까? 각자 추구하는 형태도 다르고 인생에 차지하는 부분 또한 다르다. 그래서 정답이 없다. 결혼 또한 다르지 않다. 어떠한 방식으로든 내가 만족하고 행복하다면 그것이 정답이다. 요즘 방영되고 있는 연예인 부부의 일상과 커플들의 일상만 봐도 비추어지는 모습들이 모두 다르다. 어떤 부부는 달콤하게 어떤 부부는 유쾌

한 모습을 또 어떤 부부는 티격태격 하지만 맛있는 음식을 먹거나, 즐거운 일이 있으면 같이 공유한다. 이렇게 다른 모습 모두 '사랑' 이라 부른다. 우리 부부와 자주 모임을 하는 친구네 부부가 있는데 정말 특이하다. '어떻게 친해졌지?' 라는 생각이 들 정도로 달라도 너무 다르다. 나와 아내는 mbti가 둘다 I로 시작한다. 그 친구네 부부는 둘 다 E로 시작한다. 그런데 같이 만나면 즐겁고 재밌다. 그래서인지 두 부부의 사랑표현 방식도 완전히 다르다. 우리 부부는 정적이지만 달콤하게 표현한다. 친구네 부부는 조금은 과격하지만 유쾌하게 사랑을 표현한다. 이 두 부부에게 과연 어떤 사람이 '정답' 과 '오답' 이라는 구분을 지을 수 있을까?

"나는 미끼를 던져본 것이고, 자네는 그 미끼를 물어본 것이여"

사랑과 결혼은 답이 없다. 그런데 답을 만들려고 하면 꼭 문제가 생긴다. '답을 만들려고 한다.' 라는 말이 무슨 뜻일까? '다르다' 라는 것을 '틀렸다' 라고 인식하고 그것을 바꾸려 하는 경우이다. 서로 다르다고 해서 다름이 아닌 오답으로 생각하면 안 된다. 이미 여러 번 언급했지만 서로 이해가 아닌 인정을 하는 자세가 중요하다. 모든 만남은 처음에는 타오른다. 타오르던 불이 서서히 약해지기 시작하면 문제점들이 나오기 시작한다. 바로 악마의 속삭임이 시작된다. 서서히 상대와 나의 다른 점이 보이기 시작한다. 미끼를 물어버린 사람은 그것을 오로지 '단점'으로만 바라본다. 그 문제의 해결을 위한 굉장한 묘수가 바로 '인정'인 것이다. 얼마 전 아는 후배 커플과 술자리를 가졌다. 오랜만에 가진 만남이어서 시간 가는 줄 모르고 함께 즐거운 대화를 이어가던 중 후배는 고민을 털어놓기 시작했다.

나 : 요즘 제수씨랑 사이는 좋지?

후배 : 만난 지 1년 지나니까 너무 싸워요.

나 : 싸우는 데는 이유가 있을 텐데? 왜 싸운다고 생각하는데?

후배 : 아무래도 편해졌으니 더 그런 것 아닐까요? 그리고 안 보이던 단점들이 요즘 너무 많이 보여요. 예전에는 식습관도 귀여워 보였는데 요즘엔 그 식습관이 너무 안 좋

아 보이고, 백치미라고 느꼈던 부분도 요즘엔 그냥 사람이 멍청해 보이고 그래요.

나 : 편해졌다고 다 싸워? 아니야. 이제 슬슬 단점이 거슬려 보일 때가 됐어.

후배 : 어떻게 하면 안 싸울 수 있을까요? 형은 혹시 답을 알아요?

나 : 지금 너에게 보이는 제수씨의 단점을 단점이라고만 생각하지 마.

후배 : 그게 무슨 말이에요?

나 : '다르다' 를 '틀리다' 로 생각하지 말라는 거야. 식습관이 올바르다는 것은 누가 정했는데? 그게 헌법에 나와 있어? 그리고 백치미라고 생각했던 부분도 제수씨가 어느 날 갑자기 백치미가 된 것이 아니야. 원래 그랬었는데 단지 그것을 바라보는 네 눈이 바뀐 거지. 안 그래? 제수씨 본인이 불편하면 본인이 바꾸겠지 공부를 하던 해서 말이야. 근데 혹시 바뀌지 않더라도 네가 바꾸라 말아라 할 권리는 없다고 봐. 그건 어디까지나 본인 자유지. 또한 그게 너무 싫어서 네가 떠난다고 해도 그건 네 자유고! 맞지?

그리고 분명 제수씨도 너와 같은 고민거리가 있을 거야.
꼭 대화를 나눠봐.

후배 : 생각해 보니까 뭔가 맞는 말 같네요.

그 술자리 이후 둘에게는 많은 변화가 있었고, 싸우는 횟수가
눈에 띄게 줄었다고 한다. 처음에는 쉽지 않을 것이다. 하지
만 서로 노력하면 얼마든지 '행복'을 만들어 낼 수 있다. 커
플들이 서로를 '인정'하는 자세로서 행복한 사랑을 이어가길
바란다.

o n e p o i n t
꼭 기억해야 하는 한 가지

"너나 잘하세요"

경제적인 상황이 나아지고, 사회적 제도가 생겨나며 남녀갈
등이 줄어든다면 과연 세상은 변할까? 예전처럼 결혼이 당연
한 세상이 올까? 그렇지 않을 가능성이 크다. 가장 중요한 것
이 잘 변하지 않기 때문이다. 경제적 여유와 사회적 제도는

거들뿐이다. 진짜 변해야 할 '황금열쇠'는 따로 있다. 그 열쇠는 바로 '나 자신'이다. 사람들은 이상할 만큼 비슷한 사람끼리 만난다. '유유상종', '끼리끼리'라는 말처럼 누가 시킨 것도 아닌데 말이다. 최근 방영되고 있는 부부간의 문제를 짚어주거나 이혼을 다룬 프로그램들을 보고 '박수도 마주쳐야 소리가 난다.'라는 것을 느꼈다. 싸우는 모습을 보면 너무나도 닮아있다. 그런 모습만 보는 사람들도 결혼에 대해 좋지 않은 인식을 가지는 것은 당연한 결과이다. 결국에는 "내가 사람을 잘못 만났다."라고 상대를 탓하며, 결혼을 후회한다. 그러고는 "결혼은 역시 하는 것이 아니야! 역시 솔로가 최고야"라고 주위에 말하고 다닌다. '결혼'은 잘못된 것이라는 핑계 뒤에 숨어 바뀌려고 하지 않는다. 도대체 '결혼'이 뭘 잘못했을까? 본인의 운전미숙을 "자동차의 급발진이 문제였어"라고 말하는 사람 같다. '베스트 드라이버'는 결코 차를 탓하지 않는다. 결과가 좋지 않다면 오로지 자신의 실력을 탓할 뿐이다. 남을 탓하기 전에 본인을 돌아볼 시간을 꼭 가졌으면 한다.

나의 20대의 전부를 보냈던 사람이 있었다. 이야기를 꺼내기 전에 아내에게 먼저 "여보 미안 이해 바랄게"라고 양해의 말을 전한다. 첫 만남부터 좋지 않았던 그 사람과 정말 오래도 만났다. 많이 어렸을 때 만났고, 정말 많은 것을 배웠다. 수없이 싸웠고, 서로에게 가슴 아픈 기억만 안겨 주었다. 중요한 사실은 내가 정신적으로나 경제적으로나 독립을 하지 않은 상황이었다는 것이었고, 결혼까지 약속한 사이였지만 양가의 간섭을 받지 않을 수 없었다. 그 결과 7년의 만남을 끝으로 헤어지게 되었다. 헤어졌을 당시의 나는 상대를 탓하고 있었다. 나의 부족함은 모른 채 말이다. 그 사람은 어떻게 생각했는지 모르겠다. 하지만 내가 부족했던 것은 확실하다. 그 이후 나는 집으로부터 독립을 결심했고, 성장은 그때부터 시작되었다. 성장하고 보니 가장 먼저 바뀌었던 것은 옛사랑을 바라보는 나의 시선이었다. 그냥 "둘 다 어렸구나"였다. 그 후 나는 변하려고 무던히 노력했다. 그리고 찾아온 나의 운명이 지금의 나의 아내이다. 그 전과는 확실히 달라졌던 나는 보는 눈까지 바뀌어 있었다. 마침 나의 아내도 나와 같은 상황을 겪고 있었다. 나 이전에 만난 사람과 그리고 또 아픔을 겪으면서 말이다. 아내는 말한다. "오빠를 만나기 전에 겪었던 일을 내가 겪지 않았다면, 오빠를 알아보지 못했을지도 몰라"라고 말이다. 그것은 나도 마찬가지이다.

"끼리끼리", "유유상종"은 과학이다. 이미 오래전부터 이것을 알고 저런 단어를 만들어내신 우리의 선조들께 경의를 표한다. 자! 그럼 이제 뭐부터 해야겠는가? 좋은 사람만을 찾으려 하지 말고 우선 본인이 좋은 사람이 되어보라. 똥에는 파리가 꼬이고, 예쁜 꽃에는 나비와 벌이 날아드는 것은 당연한 이치니까 말이다.

"보석을 찾는 것을 다들 결혼이라 생각한다. 하지만 결혼은 원석을 만나서 보석으로 만들어 가는 과정이다. 사랑하는 사람이 보석이 되어가는 것을 보는 것만큼 세상에서 신나는 일은 없다."라고 '션'은 말했다. 너무나 좋아하는 말이다. 지금의 아내와 살면서 느낀 점은 나와 아내는 둘 다 원석이었다. 지금도 완전한 보석은 아니다. 하지만 서로를 보석으로 제련해 줄 제련사의 능력을 갖췄다고 확신한다. 아무리 좋은 원석도 제련사를 잘못 만나면 좋은 보석으로 만들어질 수 없다. 아직도 자신의 제련 실력은 잊은 채 원석만 탓하고 있지는 않

은가?

나에게 "네 인생에서 가장 잘한 일이 뭐야?"라고 묻는다면 나는 고민도 없이 "결혼"이라고 답할 것이다. 원석이던 내가 보석으로 변해가는 과정을 느끼는 것, 그리고 원석이던 아내가 나로 인해 보석으로 변해가는 것을 보는 것은 인생의 가장 큰 즐거움이라 말할 수 있다. 그렇게 우리는 서로를 갈고닦으며, 점차 영롱한 빛을 내고 있다. 나는 자신 있게 세상에 말한다. "결혼은 미친 짓이 아니다!"

m e s s a g e   o f   l o v e
마지막을 보고 있을 너에게

나의 아내 하경아. 나와 결혼해 줘서 항상 고마운 너를 이 책의 마지막으로 채우고 싶었어. 결혼 생각은 없다고 했던 하경이가 나의 아내가 되어줘서 나의 삶이 얼마나 행복한지 너는 모를 거야. 그럼에도 불구하고 나는 너에게 항상 행복만 준 것은 아닌 것 같아서 마음이 아파. 내가 프러포즈하던 날 기억나? "모든 여자들이 너를 부러워하게 만들게"라고 했던 말 그리고 "마냥 행복하게만 할 수는 없겠지만 나랑 결혼을 결심한 너의 마음을 후회하게 만들지는 않을게"라고 했었지. 그 약속 나는 잘 지키고 있을까? 지금 생각해 보면 아직은 지켜지지 않고 있는 것 같아. 하지만 내가 아직 포기한 것이 아니니까 'Ing' 라고 할게. 그리고 내가 한 약속은 꼭 지킬게. 내가 나락으로 떨어지던 날 너에게 사실을 말하는 것이 너무 두려웠어. 나는 뭐가 그렇게 두려웠던 걸까? '많은 빚?' 아니면 '사회적인 시선?' 모두 아니야. 너를 잃는 것이 가장 두려웠어. 그것이 두려웠던 이유는 나 자신이 너무 싫어서 "내가 너였어도 날 버렸겠다" 판단했거든 근데 넌 아니었어. 자존감이 바닥을 치던 나를 세상 그 누구보다 따뜻하게 안아주었고, 전전긍긍했을 내 모습을 상상하며 뜨거운 눈물을 흘려주었지 그리고 너의 20대의 전부였던 차를 팔던 날에도 내 앞에서는 힘든 내색을 하지 않았어. 그 모습을 보고 너무 속상했어. 너의 그런 모습이 지금의 나를 만들었고 그런 나의 모습을 보고 "오빠는 할 수 있어"라고 웃으며 말할 때 비로소 다시 일어날 힘이 생기더라. 너로 인해 나는 책을 쓰기로 다짐했고, 어느새 나는 그 마지막 장을 채우고 있네. 얼마 전 우연히 본 영화가 나를 울렸어. "여자의 첫사랑은 처음 만난 사람이 아니라 지금 옆에 있는 사람의 처음 모습이다"라는 대사가 나오는데 "과연 나는 지금 하경이에게 첫사랑의 모습일까?"라는 생각이 들었어. 내가 항상 너의 첫사랑이 되도록 노력할게. 이렇게 말해도 부족할 것을 알지만, 이쁘게 봐주라. 우리 앞으로도 살아가며 이런 일, 저런 일 겪겠지만 너만 있으면 다 이겨낼 수 있어. 사랑한다 나의 아내 그리고 나의 천생연분 장하경

— 당신과 처음부터 함께이진 못했지만 마지막은
함께하고 싶은 남편 **김로준**

아참! 그리고 이 글을 보고 있을 먼 훗날의 나의 자녀들아. 너희도 나에게 바꿀 수 없이 소중한 사람들이지만 엄마만큼은 아니란다. 꼭 기억하길 바란다.

유재석과 조세호가 진행을 하는 프로그램이었다.

거기에 나온 게스트는 초등학교 고학년 정도 되어 보이는 어린 여자아이 두 명이었다. 유재석이 "조언이 있고 잔소리가 있잖아요, 두 분이 생각하시는 잔소리와 조언의 차이는 뭘까요?"라고 물어봤다. 이에 여자아이가 정말 상상하지도 못할 기가 막힌 답변을 한다. "잔소리는 왠지 모르게 기분 나쁜데, 조언은 더 기분 나빠요." 순간 MC들이 빵 터진다. 나 또한 박장대소했다. 이에 조세호가 "차라리 잔소리가 나아요?"라고 물으니 "그냥 안 하는 게 낫죠"라고 말했다. 그 말을 들은 유재석이 자연스럽게 정리했다. "노터치! 난 나야! 넌 너고!"라고 말이다. 웃으며 보다가 크게 와닿았다.

사랑하는 사람에게 주는 것에 대한
행복은 이루 말할 수 없을 만큼 크다.
선물이든 조언이든 말이다.
하지만 그것을 받는 사람도 행복을 느껴야
진정한 가치가 형성되는 것은 아닐까?